わが家(まち)は祇園の拝み屋さんEX(エクストラ)

愛しき回顧録

望月麻衣

角川文庫
23335

目次

プロローグ

桜の花びらが舞う、うららかな春。
心地好い風に身を委ねながら、高揚する心を落ち着かせるように深呼吸をした。
こんなにもわくわくと胸が高鳴っているのは、春の陽気のせいだけではない。
ずっと、この日が来るのを待ち焦がれていた。

『京都私立　学徳学園高等部入学式』

校門の前には、そんな看板がたてかけられている。
学徳学園は、初等部から高等部までのエスカレーター式だ。
中等部から繰り上がってきた生徒にとっては、校舎が変わった程度の感覚であり、保護者の参列も少ない。親に『別に来なくていいよ』と伝える生徒が多いためだ。

　だが、受験を経て高等部から入学してきた生徒たちにとっては、まさにハレの日である。式が終了すると、校庭で待っている保護者と合流し、校門の看板の横で記念写真を撮ってもらったり、お祝いに食事に行こうかと愉しげに話したりしている。

　その様子を繰り上がり組の生徒たちは、冷ややかに……ではなく、どちらかというと少し眩しそうに眺めていた。

「ああいうのを見ると、うちも親に来てもらえば良かったって思うわ」

「来なくてもいいけど、食事は行きたい」

「ほんまや」

　これが、学徳学園高等部の入学式だ。

　盛り上がっている者もそうでもない者も、式が終わればさっさと帰りたいのは同じであり、皆は振り返りもせずに校門を出て行く。

　そんななか女子生徒が一人、流れに逆らうようにして皆とは反対方向へ向かっていた。後頭部の中ほどに一つに結んだ髪を揺らしながら、校庭を駆け抜けていく。

　校舎の裏手にある中庭に出ると、パッと視界が広がった。

　青々とした芝生が春風に揺れていて、その中央に塔がそびえている。

　天辺に大きな鐘がある円柱形で、まるで童話の世界に出てきそうな塔だ。

少女――一ノ瀬寿々は、切れた息を整えて、塔を見上げた。

「ついに、ここに来られたんだ……」

熱っぽくつぶやいて、胸の前で手を組み合わせる。

寿々は、中等部から学徳学園へ入学したエスカレーター組だ。

だが、どの生徒よりも興奮を隠しきれずにいた。

中等部と高等部は校舎が離れているため、そう頻繁にこの場所に来られるわけではない。寿々は、高等部に来るのを楽しみにしていた。

「伝説の地……」

息を吐き出すように言ったその時、ぷっ、と背後で誰かが噴き出した。

勢いよく振り返ると、後ろに一つに結んでいた髪がビシッとぶつかり、痛っ、と寿々は頬に手を当てる。

三人の男子高校生が、くっくと肩を震わせて笑っていた。

「伝説って、寿々は相変わらずやなぁ」

白い歯を見せて笑って言ったのは、海藤剛士。

彼はとても大柄だ。その恵まれた体躯を活かして、空手をやっている。

この学徳学園には高等部からスポーツ推薦で入学していた。

実家は大阪なので、寮生活になるという。

「どうして、ここに？」

寿々の問いかけに、黒縁の眼鏡をかけた少年が、にこりと目を細める。

「寿々が、中庭に向かって勢いよく走っていく姿が見えたんですよ」

彼の名は、葉山透。

小学校の頃に関東から京都に引っ越してきたこともあって、言葉は標準語。そしてなぜか、誰に対しても敬語を使っている。学徳学園には寿々と同じく、中等部からの入学だ。以来、学年二位の成績を誇っている。

頭脳明晰で品行方正、漆黒の髪が際立つ白肌で精悍な顔立ちをしているということから、中等部の時は『二代目・黒王子』と囁かれていた。

「ほんと、何事かと思った」

そんな透の隣で、最後に少し呆れたように口を開いたのが、

――藤原千歳だ。

真っ白い髪に、真っ白な肌、瞳は灰色がかっていて、睫毛まで白い。

幼い頃はあっさりとした顔という印象だったが、今は、涼やかに整った顔立ちへと成長していて、神秘的な美しさを感じさせる。

成績は、透を抜いて不動の学年一位。

そんな千歳に憧れる女子生徒も多く、透との比較対象になっているのか、『二代目・

白王子』と呼ばれていた。

どちらも『二代目』と頭につくのは、今も語り草になっている初代がいるためだ。

「剛士、透、千歳……」

この三人は、幼い頃から共に時間を過ごした、いわば幼馴染(おさななじ)みだ。

寿々は、そんな彼らを前に照れたようにはにかむ。

「だって、あの『ＯＧＭ』の部室があった塔だよ？　気分が高まるよ」

そうですね、と透は塔を見上げる。

「憧れの方々が集まっていた場所ですね」

うんっ、と寿々は強く首を縦に振る。

「これからは、剛士も同じ学徳学園の生徒だし、いよいよ、結成できるね！」

そう続けた寿々に、剛士と透は「おう」と答え、千歳は顔をしかめた。

「えっ、結成って、何の話？」

「それはもちろん、ＯＧＭの再結成のこと！」

かつてこの学徳学園には、優秀な霊能力者が集まったチームが存在した。

それが、ＯＧＭだ。ちなみにＯＧＭとは『拝み屋』の略である。

その存在は霊能力のある者たちの間で密(ひそ)やかに囁かれていたが、一般的にはまったくと言って良いほど知られていない。

表立っては、『ミステリー研究会』という名の部活動とされていた。

だが、ただの部活動なんて思われているのが悔しくなるほど、ＯＧＭは素晴らしい活躍をしてきた。数多のトラブルを解決し、綻びを見せていた京の結界を張り直し、最後にはこの国を未曾有の危機からも救い出したのだ。

そんなもはや伝説と言っても過言ではないチームは、メンバーが高等部を卒業した日を境に解散してしまっている。

なんてもったいない、口惜しい、と寿々は何度もハンカチを嚙んだ。

しかし、それぞれが進学等で忙しくなり、これまでのように活動できなくなるのは仕方がないこと。

せめて、ＯＧＭを引き継ぎ、彼らの活躍を後輩たちに伝える存在がいても良かったのではないか……。

そこまで思った時、寿々は閃いた。

「私たちが、二代目になりたいと思って」

「えぇ……」

千歳は目を細めて、気乗りしない声を上げた。

「ちょっと千歳、そんなあからさまに引かないで」

「いや、普通に引くよ。何より透も剛士も乗り気でさ。二人とも寿々の二代目計画を事前に知ってたっぽいのに、僕だけ寝耳に水だし」

ちゃうちゃう、と剛士は手を横に振る。

「俺かて初耳や。せやけど、今聞いて、『ええなぁ』って」

「相変わらず剛士は、感覚で生きてるんだね」

「どうせ、脳筋って言いたいんやろ」

「いや、そこまでは言ってないよ。ちなみに透は知ってたっぽいね」

千歳に振られた透は、いいえ、と眼鏡の位置を正す。

「僕も知りませんでしたよ。ただ、寿々が前々から、『高等部になったらみんな一緒になれるし、そうしたらいいよいよだね』って言ってたので、きっと、再結成したいんだろうなと予測はしていました」

あっそう、と千歳は肩をすくめる。

「ほんとツーカーなんだね。さすが幼馴染み……」

「千歳かて、幼馴染みやん」

「そうですよ、長い付き合いではないですか」

「僕は途中からだしね」

と、千歳はそっぽを向く。

またそんなこと言って、と寿々は苦笑した。

四人の出会いは、『そろばん塾』だった。

塾長は、安倍公生。公生は安倍晴明の子孫であり、現在の安倍家当主。エリート陰陽師が集う『組織』からも一目置かれる実力者だった。

『同じ波長のものは引き合う』という森羅万象のからくりか、公生の塾には、時おり特別な能力を持つ子どもが生徒として訪れていたという。

寿々、剛士、透がそうだった。

強い霊能力を持ち、それが故に集団生活に馴染めず、学校にもなかなか通えない、そんな子どもだった。

公生はそうした強い霊能力を持つ子たちに、力の使い方、そつなく集団生活を送る方法などを教えていた。

公生の塾に通うまで、孤独感にさいなまれていた寿々だが、同じような力と悩みを持つ剛士や透と出会い、随分救われたものだ。

そこに途中から加わったのが、千歳だった。

懐かしいな、と寿々は頰を緩ませる。

白い髪、白い肌、灰色の瞳という千歳の神秘的な容姿よりも、内に秘めた強いエネルギーに驚き圧倒された。

あの頃の千歳は、ガラス細工のように繊細で危うく、人を寄せ付けない雰囲気を纏っていた。

寿々は、なんとしても千歳と親しくなりたいと思った。透と剛士も同じ気持ちで、積極的に交流を図った。そんな皆の想いが伝わったのか、千歳はいつしか心を開いてくれるようになり、こうして仲間となったのだ。

出会った頃の千歳は、寿々よりも少し背が低かったというのに、今は見上げるほどに高い。

当時は、千歳の類稀な容姿を前にして、驚く顔をする人たちが多かったが、成長と共に周囲の反応も変わってきた。そして今や『白王子』などと呼ばれているのだから、寿々の心中は複雑だ。

「そんなこと言って、千歳だって寿々が二代目ＯＧＭをやりたいってこと、勘付いていたでしょう？」

「いや、全然。だからびっくりだよ」

「千歳はほんま、ごっつ霊感強いくせに、人の感情とかには鈍感やなぁ」

「ほんとそれですね」

「よく言われるけどね」

と、男子三人は笑っている。

だが、寿々は笑えなかった。

彼は、感情に鈍感なのではない。

興味のないことにアンテナを向けていないだけの話だ。

千歳は、自分に関心がないのだろう。

そう思うと寿々の口の中に、苦いものが込み上げてくる。

だが、それを呑み込んで、明るい顔を上げ、

「ねっ、ここまで来たんだし、中に入ろうよ、塔の鍵、先生に借りてきてるんだ」

と、寿々はスカートのポケットから、鍵を取り出した。

「おう、入ろうぜ」

「少しドキドキしますね」

剛士と透は乗り気だったが、千歳は気だるげだ。

「ここ、ずっと使われていなかったんだよね？　絶対埃がいっぱいで面倒だよ」

彼が言う埃とは、実際の埃だけではなく、浮遊霊のことを指している。

僕はパス、と踵を返した千歳に向かって、透が口を開く。

「部室に当時の写真とかあるかもしれませんね」

千歳がぴくりと足を止めた。

だな、と剛士が続ける。

「初代ＯＧＭの写真、見てみてぇ」

千歳は初代との絡みがある。

やはり興味があるようで、仕方ないな、と振り返る。

「それじゃぁ、入ろうか」

と、寿々は、扉を開錠する。

塔の中は千歳の言ったように浮遊霊がたくさんいるだろう。ただ浮遊しているだけなら、まさに埃のようなものだが、もしかしたら害のある霊もいるかもしれない。

少しだけ覚悟をして、扉を大きく開ける。

その瞬間、まるで塔の中に溜め込まれていた空気が一気に外に吹き出してきたような風圧を感じ、寿々は一瞬、目を瞑った。

他の三人も同じ感覚を得たようで、目を細めている。

だが、その風には、嫌な感じがまったくなかった。

皆は塔の中に一歩足を踏み入れる。

寿々は周囲を見回し、わぁ、と声を洩らした。

空気がキラキラと輝いて見えたのだ。

不思議やなぁ、と剛士が言う。

「なんでこないに空気が澄んでるんやろ」

「ですね。ずっと使われていなかったはずなのに……」

「清涼感があるよね。こんなの初めて」

剛士、透、寿々が戸惑っていると、千歳が目だけで天井や壁を確認し、口を開く。

「結界が張られているんだよ」

「結界?」

そう、と千歳は天井を仰ぎながら言う。

「波動の高いものは入れて、低いものは入ってこられない、そんな結界」

千歳の言葉に、剛士は目を瞑り、透は眼鏡を外す。

彼らはそうすることで、自らの特殊な力を使いこなせるようになっていた。

「……ああ、本当や」

「強く感じさせないのに、しっかり守っているんですね」

二人の言葉を聞きながら、寿々は髪につけていた制服と同じ色——ブラウンのリボンに手を掛けた。

「寿々、リボンほどいて大丈夫なんですか?」

と、透が心配そうに言う。

「ここなら、大丈夫」

リボンの中には、安倍公生からもらった特別な御守が入っている。

寿々はその御守のおかげで過剰な霊能力を抑制することができ、普通の生活を送れていた。

リボンをするりと解(ほど)くと、まっすぐな髪が肩から背中へと流れ落ちていく。

瞬時に抑制していた自分の力が解放されて、体中が熱くなる。

額に力を込めることで、結界を確認することができた。

この感覚は、赤外線レーザーを目視できるようになった状態と似ているのかもしれない。建物の中には、幾何学模様の光線が張り巡らされていた。

それらが、五芒星(ごぼうせい)、六芒星の結界となっている。

千歳が言ったように、すべてのものをシャットアウトしているのではなく、波動の低いものは侵入できず、波動の高いものは入ることができるように調整されていた。

そのため、ここにいるのは、徳の高い精霊ばかりだ。

「すごい……こんなことができるんだ」

「ほんまや」

「さすが、ＯＧＭですね」

ＯＧＭメンバーの中で誰が張った結界なのかは分からないけれど、この場所が本当に大切だったのが伝わってくる。

「優しくて温かい結界……まるで聖域みたい」

寿々が感動していると、隣で千歳がくしゃくしゃと頭を掻(か)いた。

「やっぱり僕、今日は帰る」

えっ、と戸惑う間もなく、千歳は踵を返して、足早に塔を出ていった。

剛士が「あー」と残念そうな声を上げる。

「なんやあいつ、最近、機嫌悪いよな」

「言われてみればそうですね。何かあったんでしょうか？」

と、透が不可解そうに腕を組む。

「…………」

寿々がもう見えなくなった千歳の背中を目で追うようにして立ち尽くしていると、剛士と透が軽く肩を叩いた。

「寿々、部室行こうぜ」

「そうですよ、せっかく来たんですから」

「あ、うんっ」

自分を元気づける二人に、寿々は笑みを返してうなずいた。

中央の塔は、かつて学生寮だったそうだ。

その当時、部室は、生徒が親と面会し、くつろぎの時間を過ごすための応接室だったという。

　寮を利用する生徒は、富裕層の子息が多かったためか、室内は随分と豪華な仕様だ。

　全体的にヨーロピアンテイストで、天井にはシャンデリア、壁には書棚に暖炉、部屋の中央には、応接ソファーと、大きなテーブルが一つ。

　窓際にも小さなテーブルと椅子があり、そこはまるでカフェの佇まいだった。

　空いているスペースには一人掛けソファーも置かれてあった。

「高級ホテルみたいやな」

「サロンのようですね」

　男子二人は室内の装飾に感嘆の息をついていたが、寿々は書棚に惹きつけられた。

　そこには当時、使用していたものと思われる数々の本が並んでいた。

　陰陽道、占星術、歴史書、なぜか、レシピや編み物、囲碁の本もある。

　中でもひときわ分厚い背表紙の本があり、それを抜き取ってみると、少しレトロなタイプのアルバムだった。

　スマホ等で撮った写真をプリントしてここに貼っていたようだ。

　表紙には『ＯＧＭ・ＯＭＩＤ』と書かれている。

「……ＯＧＭ・ＯＭＩＤ？」

　寿々が小首を傾げていると、透と剛士がひょっこりと後ろから首を伸ばしてきた。

「たぶん、『ＯＧＭの思い出』ってことではないでしょうか？」

「あ、なるほど」

最初のページには『卒業を記念してアルバムを作りました。写真協力：メンバー全員。編集：水原愛衣&三善朔也』と記されていた。

ページをめくっていくと、メンバーが楽しく過ごしている姿が目に入ってくる。

『小春・愛衣の学園祭（一年生）』

そんな見出しの下に、小春と眼鏡を掛けた少女が和服にエプロンを着けた写真が貼ってある。

「小春さんだ。そして隣の人が、愛衣さん……」

他の写真を見ていくと、もう一人、後ろに髪を一つに結った凛々しく美しい女性が登場した。

「あっ、由里子さんだ」

寿々が声を上げると、透が「ああ」と微笑んだ。

「先生のところの……」

「姪っこさんや。この時からべっぴんさんやなぁ」

「いえいえ、由里子さんにとって公生さんは大伯父なので、正確な続柄は、『大姪』ですよ」

「ええやん、そない細かなこと」

透と剛士の話を聞きながら、寿々は「ほんと細かい」と笑う。

「っていうか、『大姪』って続柄、初めて聞いたかも」

OGMの中で会ったことがあるのは、櫻井小春と賀茂澪人、そして安倍由里子だけだった。由里子は安倍家で見掛けて、挨拶をした程度のものだ。しかし、話は公生からよく聞いていた。

子どもがいない公生にとって、由里子は娘に近い存在のようだ。『今は夢を叶えるために、勉強がんばってるんや』と、いつも嬉しそうに言っている。その一方で、『大学の実習が忙しゅうて、前みたいに遊びに来てくれへんようになってしもて』と寂しそうにもしていた。

思えば自分たちも最近、塾に顔を出していない。

近々、高校に進学した挨拶に行かなくては……。

そんなことを考えながらアルバムのページを進めると、『最強コンビ見参！』という見出しの下に、美しく整った顔立ちの青年と、アイドルのように可愛らしい男子が並んでいる写真が目に入った。

賀茂澪人と三善朔也だ。

二人は共に優秀な陰陽師が集結している『組織』のメンバーでもある。

「朔也さん、可愛いなあ。そして澪人さんは、美形すぎるよね……」

「ほんま、イケメンやなぁ」

ですねぇ、と透が首を縦に振り、

「僕なんて、『二代目・黒王子』なんて呼ばれるようになってしまって、初代が美形すぎるので、畏れ多くて仕方ないです……」

そう言って、わざとらしく身を縮めた。

「そないに言うて、嬉しいくせに」

「そりゃ、澪人さんは憧れですから」

「否定せぇへんのかい」

二人のやり取りに寿々は、ぷっ、と笑って、アルバムに目を落とす。

小春と愛衣が巫女の姿をしている写真もあった。

『伏見・商店街のイベント』と書かれている。

由里子だけは、白いワンピース姿で、三人揃ってピースサインをしていた。

さらにページをめくると、幼き日の千歳の姿もあり、「うそ」と寿々は驚いて目を見開いた。

「千歳がいる」

「ほんまや」

千歳は部室で皆と紅茶を飲んでいたり、トランプで遊んだり、澪人と囲碁をしていたりする姿が写されていた。

見出しには『千歳君が遊びに来ました』と記されている。

寿々が黙り込んでいると、隣で透が意外そうに言う。

「知らなかった、こんなに親密だったんですね……」

寿々も同じ気持ちだった。

千歳が、小春や澪人と親しくしていたのは知っていたが、ここまでOGMに入り込んでいたとは思わなかったからだ。

ページをめくると、『和人さん合流』という見出しが目に入る。

「和人さんは、たしか、澪人さんのお兄さんなんだよね」

「似てへんなぁ」

「ですが、笑った顔は、そっくりですよ」

次のページには、『また遊びにきた白王子こと水城静流』の見出し。

あっ、と寿々は声を上げた。

「この人も来ていたんだ。……本当に、王子様だね」

ふわりとした明るい髪色の眩しい美少年だ。

彼は今、モデルとして活躍している。

さらにアルバムをめくっていきながら、寿々は「あれ？」と手を止めた。

ある時から、ぱったりと千歳の写真はなくなっていたのだ。

最終ページは、五年前の卒業式の写真だった。

小春と愛衣と朔也の三人が卒業証書の入った筒を持って、笑顔を見せている。

その後、顧問の早乙女典子に後輩たち、静流も加わっていたが、千歳の姿はない。

「千歳の写真が途中からまったく出てこなくなったのは、どうしてだと思う？」

寿々は胸をざわつかせながら、剛士と透を見た。

「もしかして、なんやトラブルでもあったんやろか？」

「トラブル……そうは言っても、小学生と高校生ですよ？」

剛士の言い分に、それはないでしょう、と透が手を横に振る。

でも、と寿々は腕を組んだ。

「さっきの千歳の様子を見ると、何かあったと考えても不思議じゃないかも」

「たしかに」

「せやな……」

三人は口を噤み、しばし考え込む。

だが、いくら考えても分かるものではない。

寿々はアルバムの上に手を置いて、そうだ、と顔を上げた。

「ここの精霊にお願いして、この部室で何があったのか、教えてもらおうか」

ええっ、と剛士と透は目を瞬かせる。

「そないなことができるやろか？」

「不可能ではありませんが、今の僕らには難しいかと」

三人はそれぞれ、普通の人よりも強い霊能力を持っているが、高次の精霊とつながれるほどではなかった。

「普通なら難しいと思う。けど、ここは聖域のようになっているし、この想いが詰まったアルバムを媒体にしたらできそうな気がするの」

寿々はしっかりとアルバムを胸に抱いた。

剛士と透は顔を見合わせて、仕方ないな、という表情を見せた。

「やってみるか」

「寿々の『できそうな気がする』は、割と当たりますし」

寿々は、ありがとう、と微笑んで、窓際にあった小さなテーブルを中央に移動させて、その上にアルバムを置く。

三人はテーブルを中心に、三角形になるように立って、アルバムの上に手を重ね合わせた。

寿々は、すぅっ、と鼻から息を吸い込んで、口から静かに吐き出す。

それを三回、繰り返し、額に力を込めた。

「――どうか、この部室で何があったか教えてください」

目を瞑（つむ）りながらそう訊（たず）ねると、脳裏にある光景が浮かんできた。

＊　＊　＊

部室には、賀茂澪人、櫻井小春、水原愛衣、三善朔也、安倍由里子、賀茂和人――そして千歳の姿があった。

その他に学徳学園の学長の姿もあり、皆に向かって何かを話している。

『不登校になってしまった子たちを受け入れるフリースクールにしたいと言うんだよ。それには、安倍公生さんも喜んでくれていてね……』

学長の言葉に対して、千歳が顔を明るくさせている。

『それ、すごくいいと思うな。安倍さんの家にいたような、特殊な力があって学校に普通に通うのがつらいって子も多いと思うし』

その会話を聞くなり、私たちのことだ、と寿々の頬が緩んだ。

学徳学園・旧幼稚舎をリノベーションしたフリースクールは、開校するまで二年の歳月を要した。

そのため、寿々たちが通うことはなかったのだが、公生のそろばん塾に出会っていなければ、行きたかった、と思っていた。

『わ、私、いつか、そこで働きたいです』

思わず、といった様子で、小春が声を張り上げた。

『それって、そこの先生になるってこと？』

『コハちゃん、教員の免許取るの？』

と、愛衣と朔也が問いかける。

『えっと、まだそこまでは分からないんだけど……。特殊な力だけじゃなく、人には分からない、打ち明けられないことでつらい想いをしている子どもたちの居場所を作ってあげられるお手伝いをしたいって、今強く感じて。そのために必要なら、免許でも資格でもなんでも取りたいって気持ちになってる……』

小春は、話しながら、目に涙を滲(にじ)ませていた。

寿々には、そんな小春の気持ちが痛いほどに伝わってくる。

きっと彼女も、強い力を持つが故に、つらい想いをしてきたのだろう――。

『小春……』

澪人がそっと、小春の肩を抱き寄せた。

きゃああ、と由里子、朔也、和人、学長が黄色い声を上げる。

寿々も同じように歓声を上げそうになった。

愛衣が、うん、とうなずいている。

『すごくいいと思うな。小春の側はとても居心地が好いし、きっと良い場所を作ってあげられるよ』

ありがとう、と微笑む小春。

『ちなみに愛衣ちゃんは、考えてることはあるの？』

朔也に訊かれ、愛衣は考えるように腕を組んだ。

『まだはっきりしていないんだけど、私は情報を集めたりするのが好きだから、関西のローカル雑誌を作る人になって、あちこち取材に行ったりとかいいなぁ、って思ったことはあって』

『そっかぁ、愛衣ちゃん、そういうの向いてそう』

『ありがとう。でも、まだ、はっきりこうなりたいとまでは思ってないんだけどね』

『ううん、そういうのが大事だと思うんだ』

朔也が言うと、そうそう、と和人が同意した。

『後から考えたらかりそめの夢だったななってなっても、今時点で目的地を設定するっていうのも大事だよね』

ですよね、と朔也は言って、息を吐き出す。

『由里子センパイは獣医師を目指して、和人さんはお医者さん。コハちゃんはフリースクールに携わる人かぁ。あー、そうやってみんな、大人になっていくんだねぇ』

由里子が微笑むように目を細めた。

『でも、みんながそれぞれの道を進んでも、私たちチーム「ＯＧＭ」は、この活動を続けていきたいわね。私は今、勉強で活動を休止してるけど、絶対やめたりしたくないし』

それはとても、希望に満ち溢れた光景だった。

彼らの姿が光に包まれていく。寿々が眩しさに目を細めていると、まるで光に溶けるようにして、姿は見えなくなっていた。

＊＊＊

寿々、剛士、透はアルバムから手を離した。

シン、とした静けさがこの場を包んでいる。

寿々は部室を見回した。

「今のが、この部室に残るとても大切な記憶なんだ……」

ですが、と透は顔をしかめる。

「千歳と初代ＯＧＭの間に何があったのかは、分かりませんでしたけどね」

「ほんまやな。記憶の中では、千歳もメンバーの一員みたいにしておったやん。せやのに、千歳はそのことを俺らに言うてへん。なんでやろ」

そうだよね、と寿々は目を伏せた。

これまで寿々は、何度もOGMの話題を振ってきた。

それなのに千歳はいつも、素知らぬ顔だったのだ。

一体、何があったのだろう……？

「私、OGMのメンバーに会って、話を聞いてくる」

勢いよく言った寿々に、剛士と透がぽかんとする。

「え、直接ですか？」

「うん。私は元々、初代にインタビュー……お話を聞きに行きたいと思ってたの。そのついでに当時千歳と初代メンバーの間に何があったのか聞いてみたいと思って」

そっか、と剛士と透は納得した様子だ。

「それなら、俺たちも協力する。なっ、透」

「もちろんです」

そんな二人に寿々は、ありがとう、と微笑む。

「それじゃあ、初代のことを知って、千歳とのこともちゃんと知ったうえで、二代目OGMを結成しよう！」

寿々がそう言うと、おう、と二人は拳(こぶし)を振り上げる。

「でも、僕は塾などが忙しくて、あまりお付き合いできないかもしれませんが」

「あー、俺も空手の稽古(けいこ)があったんや」

もういいよ、と寿々は頬を膨らませた。

「私一人だって、調べられるんだから」

剛士と透は、がんばれ、と拳を握る。一方その頃、千歳は少し離れたところで嫌な予感に、ぶるり、と身震いしていた。

第一章　抹茶クリームソーダと恋の味。

一

初代ＯＧＭに話を聞くのは難しいことではない、と寿々はタカをくくっていた。

なぜなら、チームのリーダーだった賀茂澪人が、学徳学園大学部『京都民俗学』の専任講師を務めているからだ。

高等部の生徒が、見学を許されている講義もある。

寿々は聴講後、澪人に質問をしに行こうと思っていた。

——が、そう甘くはなかった。

高校生は午前で授業が終わり、午後から大学での講義の見学が許される日。

寿々は、澪人の講義を見学しに行こうと、鼻歌交じりに講義室に向かっていると、後から後から女子高生たちが早足で追い越していく。

見たところ、二年生と三年生ばかりだ。

なんだろう？　と不思議に思っていたが、その疑問はすぐに解けた。

澪人の講義に限っては、見学できる生徒の数を定めたらしい。

その枠内に入るべく、女子高生たちは血眼になっていた。

講義室の入口では、助手と思われる大学生たちが声を張り上げている。

「室内で騒いだ生徒は、退室してもらいます！」

「なお、写真撮影禁止です！」

そんな言葉が聞こえてきて、寿々は圧倒されながらも列の最後尾に並ぶ。

だが、自分よりも遥かに前で、定員となってしまった。

寿々が残念に思う前に、ええー⁉　と残念そうな声が響く。

「あの、予約とかできないんですか？」

「澪様……いえ、賀茂先生の講義をどうしても聞きたいんです」

ぐいぐいと食い下がる女子高生に、助手たちは冷ややかに首を横に振る。

「予約などはありません」

と言ったのは、澪人と似た髪型をしている男子学生だ。

「賀茂先生のご迷惑になるので、出待ちはやめてくださいね！」

続いて女子学生がピシャリと言う。ショートヘアに、気の強そうなパッチリとした目が印象的な美女であり、睨まれた女子高生たちは気圧されている。

出待ち禁止って……。

寿々は少し離れたところで話を聞きながら、あんぐりと口を開ける。

入れなかった女子高生たちは悔しそうにしていたものの、すぐに気持ちを切り替えたように、また足早に移動を始めた。

どこへ行くのだろう、と寿々も彼女たちの後を追ってみる。

彼女たちの向かった先は、校舎の反対側だった。

「素敵っ、澪様、素敵！」

「講義室に入れなかったのは残念だけど、ここでなら思いきり叫べる！」

「ああ、賀茂先生！」

皆は窓に張り付くようにして、きゃあきゃあと声を上げていた。

ここから、講義室を覗けるようだ。

寿々も窓際に立って、澪人の姿を眺めた。

遠目だが、その美貌は見て取れる。

先日見たアルバムの写真の中の澪人よりもさらに大人びていて、堂々とした雰囲気であり、風格のようなものが感じられた。

「まぁ、あんな人が講師なら騒がれても仕方ないか……」

寿々は半ば感心しながら、女子生徒たちの様子を観察する。

「見て見て、あの女、澪様の側をキープしてる。ほんとムカつく」

皆が言う『あの女』とは、先ほど強い口調で注意していたショートヘアの女子学生を指しているようだ。

「くそ、瞳め、許せん」

「この前なんて瞳のやつ、私たちが見ているのを知って、カーテンを閉めやがったからね」

そして、彼女の名前は『瞳』というらしい。

「やっぱり、澪様と瞳って付き合ってるのかな？」

「悔しいけど、美男美女ではあるんだよね」

「何言っているのよ、澪様に釣り合う人なんて、この地上にいないから」

寿々は、そんな会話を横聞きし、やれやれ、と肩をすくめる。

澪人が美人女子学生と交際？　そんなわけがない。

彼には、揺るぎないパートナーがいるのだ。

寿々は、かつて安倍家の庭で、澪人と小春が並んでいた姿を思い起こした。

両者共に強いエネルギーを持っていた。どちらかを圧倒するわけではなく、二人は一緒にいることで、その力が増幅されていた。そのエネルギーは、周囲を包み込み、側にいる者にも良い影響を与えるような、そんな二人だった。

こんな理想的なカップルが本当に存在するんだ、と寿々は心から驚いたのだ。

「ないない、だってこの前、澪様が誰かに『彼女はいるんですか？』って訊かれているのを見たことがあるんだけど、その時、『いいひん』って答えてたし」

うん？　と寿々は眉根を寄せる。

彼女がいないって、それはどういうことだろう？

いやいや、何かの間違いに違いない。

「あー、澪様、こっちを向いてくださーい」

「って、聞こえるわけないけどね」

彼女たちは、澪人に気付いてもらおうと、一生懸命な様子だ。

声は聞こえていなくても、こっちの視線は感じているだろう。

澪人はおそらく、気付いている。

それでも、彼は知らんふりしているのだ。

もし、ここでエネルギーを発したらどうなるだろう？

そんな悪戯心から、寿々は髪に結んでいたリボンを取り、胸の前で手を組む。

そして自分の胸の中心で、独楽が回っているのをイメージした。そうすると、自分の周りに螺旋のエネルギーが発生する。

その瞬間だ。

澪人は弾かれたようにこちらに顔を向けた。

視線が合い、寿々の心臓がどきんと音を立てた。

やはり息を呑むほどに美しい青年だ。

澪人は寿々の方を見て、少し納得したような表情を見せる。

寿々はばつの悪さを感じながらそっと会釈をすると、澪人は、ふっ、と微笑んだ。

横から、ぎゃあああ、と女子高生の黄色い声どころではない、絶叫が飛んできた。

「ファンサ！　はじめてのファンサ！」

「私を見て、微笑んでくださった！」

「澪様あああああ」

その迫力に圧倒されていると、瞳という女子大生がこちらを睨みつけて、カーテンを閉めた。

「くそ、瞳！」

「あいつ、ほんと許さぬ！」

憤る彼女たちを横目に、寿々はすごすごとその場を後にした。

澪人に話を聞くのは、別の機会にしよう。

当ては、他にもあった。

当時、ＯＧＭの顧問をしていた――、

「早乙女典子先生を直撃しようっと」

と、寿々は、足早に高等部の職員室へと向かった。

二

しかし、これも当てが外れた。

かつて顧問だった早乙女典子は、今日は休みだという。

「一ノ瀬さんは、早乙女先生に何を聞きたかったの？」

寿々のクラスの担任になった大迫世津子は、不思議そうに小首を傾げた。

「ええと、数年前に早乙女先生が顧問をしていた『ミステリー研究会』のことを聞きたくて……」

「ミステリー研究会……？」

世津子は眉根を寄せながら、そんなのあったかな、と怪訝そうに洩らす。

「中央の塔を部室にしていたんですが……」

寿々が補足すると、世津子は思い出したように、ああっ、と手をうった。

「そうそう、『ミス研』ね。思い出した。たしかに典子……いえ、早乙女先生が顧問をしていたわ」

「先生は、ミス研のこと、何かご存じですか？」

「特に知ってることはないわねぇ。ただ、私と早乙女先生は、同期で親しくしているから、チラチラ話を聞いていたのと……」

そこまで言って世津子は声を潜める。

「塔の掃除は今も昔も持ち回りでね、あの塔、曰くつきだったから、私も中に入るのが怖かったの。だけど、ミス研があそこで活動してくれるようになってから、なんとなく明るい雰囲気になって、すごくホッとしたのよ。それに当時学生だった澪様……いえ、賀茂先生とか目立つ子が結構、集まっていたし」

先生、今、澪様って言ったよね？　と突っ込みたくなる心を抑えて、寿々は質問を続けた。

「その頃、藤原千歳君が、ミス研に来ていたのを覚えていませんか？」

不動の学年一位という成績を誇る千歳は、教師の間でも知られた存在だった。入学式では新入生代表の挨拶を任されていたくらいだ。

当人は、とても面倒くさがっていたけれど……。

「そうね……、ミス研かどうかは分からないけど、藤原君が高等部の校舎に来ていたのは、何度か目にしたわ」

初等部の生徒が、高等部を訪れるのは、さほど珍しいことではない。兄姉を訪ねてやってくる生徒もチラホラいる。が、やはり目立つ。千歳のような際立った容姿を持つ生徒だったら余計だろう。

「それは、割としょっちゅうでしたか？」

「どうだったかしら……？」

と、世津子は上の方を向きながら考え込み、そうそう、と続ける。

「途中からぱったり見掛けなくなったのよ。それで、早乙女先生に『最近、初等部のあの子、見ませんね』って伝えたことがあってね」

寿々は黙って話の続きを待つ。

「そうしたら、早乙女先生が、『きっと、櫻井さんが受験生になったから、遠慮してるのかもしれないですね』って答えたの。その時、あの子は櫻井さんに会いに来ていたんだと思ったのよね」

「先生は、櫻井小春さんをご存じなんですね？」

「ええ、櫻井さんは、途中で編入してきたから珍しかったのと、たしか、お祖母様が学長のご友人で、祇園で和雑貨店をしていらっしゃるとか……」

そうだった、と寿々は相槌をうつ。

安倍家の庭で会った時、小春は自分の家が祇園の和雑貨店だと教えてくれた。それを聞いて、寿々と透と剛士は、一度だけ遊びに行ったことがあった。

とても可愛い店内と、ご馳走してくれた美味しい和菓子に感激して、ぜひまた行きたいと思ったまま……、今に至っている。

それはそうと、千歳が高等部に顔を出さなくなったのは、小春たちが受験生に――つまり、高校三年生になった頃から、ということだ。

本当に遠慮しただけだったのだろうか？

「ごめんなさいね、私は詳しいことは何も分からなくて」

申し訳なさそうに言う世津子に、いえいえ、と寿々は首を振った。

「小春さんを訪ねてみようと思います」

あら、と世津子は頰に手を当てる。

「櫻井さんは、もう京都にいないはずよ」

「えっ、そうなんですか？」

思いもしなかった事実に寿々の声が上ずる。

「今、どこにいるんですか？」

「東京よ。櫻井さんは、東京の大学に進学したの」

「え、東京に……？」

ばくばくと心臓が、嫌な音を立てる。

先ほどの女子高生たちの言葉が頭を過った。

澪人は、彼女がいないと言っていたという。

小春は東京に進学していた。

そして、彼らの許から離れた千歳……。

おそらく千歳にとっても、澪人と小春のカップルは、特別な存在だったはずだ。

そんな二人がもし、別れた……としたら、大きなショックを受けるに違いない。

仮の話だ。本当に別れているなんて思っていない。

あの二人が別れるなんて、ありえない。

……だけど思えば、あのＯＧＭのアルバムに途中から姿を現わさなくなったのは、千歳だけではなく、澪人も同じだったのではないだろうか？

卒業式の写真に澪人の姿はなかったのだ――。

寿々は、カラカラに渇いた喉にごくりと唾を飲み込む。

「櫻井さんは東京だし、それなら愛衣ちゃんに……水原さんに聞いたら良いかもよ」

はい、と寿々は答える。

「そうしたいと思っていました。先生、愛衣さんと親しいんですか？」

世津子は、普段使っている言葉がつい洩れるタイプのようで、『典子』、『澪様』に続き、今度は、『愛衣ちゃん』と口をついて出ていた。

　すると世津子は、弱ったように笑う。

「早乙女先生と私は同期で親しくしてるんだけどね。実は『親友』って言ってもいい間柄なの」

　寿々は黙って相槌をうつ。

「それでね、彼女は今、愛衣ちゃんの父親と婚約しているのよ。で、もうすぐ結婚する予定で……」

　寿々は、わあ、と顔を明るくさせた。

「それで、早乙女先生はお休みを？」

「実はそういうことなのよ。早乙女先生がいちいち『愛衣ちゃん、愛衣ちゃん』って言ってくるから、私も伝染しちゃって」

「おめでたいですね。それじゃあ、早乙女先生と愛衣さんは親子になるんですね」

　ええ、と世津子は微笑む。

「そんなわけで、愛衣ちゃんとは連絡が取れるから、もし良かったらあなたの連絡先を伝えておくわよ」

「あ、ぜひ、お願いします」

　寿々は深く頭を下げて、自分の連絡先を伝える。

任せて、と世津子は、寿々の連絡先を書き留めていた。

「愛衣さんは、お元気ですか？」

「たぶんね。話にしか聞いていないけど、希望していたところに就職できたし、素敵な彼氏もいるらしくて、薔薇色だと思うわ」

ほお、と寿々は興味深そうに言う。

「その素敵な彼氏って、やっぱり三善朔也さんですか？」

部室で過去の記憶を見た時、どう見ても朔也は愛衣に気がありそうだった。

その後、二人は上手くいっていたということだ。

寿々が思わずにやにやしていると、ううん、と世津子は首を横に振った。

「あの子とも仲が良かったみたいだけど、違う人よ」

「えええっ、朔也さんじゃないんですか？」

「そうなの。実は高等部の卒業式の日に愛衣ちゃんは、ある男子生徒にみんなの前で告白をされてね、付き合うことになったみたい」

「誰、ですか？」

「水城静流くんよ」

どこかで聞いた名前だ……、と寿々は腕を組む。

すぐに、ハーフのような美少年の姿が頭を過った。

「ああっ、それって、あの初代『白王子』ですか？」

そうそう、と世津子は大きく首を縦に振る。

「まぁ、私も詳しくは知らないんだけど、早乙女先生は『あんな素敵な人に告白されるなんて、さすが愛衣ちゃん』って当時しきりに言ってて」

思ってもいなかった事実に衝撃を受けたが、世津子の言葉から早乙女典子が愛衣をとても可愛がっているのが伝わってきた。

なにはともあれ、皆が幸せなのは良いことだ。

「あの、早乙女先生に、ご結婚おめでとうございます、って伝えてください」

「ええ、必ず伝えるわ」

「では、突然すみませんでした」

寿々は、ありがとうございました、と世津子に礼を言って、職員室を出た。

「今日はもう帰るしかないかな……」

収穫は少しだけ。
・千歳は、小春たちが三年になった頃から、部室に顔を出さなくなった。
・澪人には今、彼女がいないらしいという噂がある。
・小春は、東京の大学へ進学していた。
・愛衣は、朔也ではなく、白王子こと水城静流とくっついていた？

これらは、憶測や噂、勘違いであることもあるだろう。

でも、もし、全部本当のことだとしたら……。

「ちょっと、寂しいな……」

寿々は、ふぅ、と息を吐き出す。

昇降口に向かってとぼとぼ廊下を歩いていると、ポケットの中でスマホが振動した。

高等部の生徒が、校舎でスマホを利用するのは基本的に禁じられている。

寿々はすぐに柱の陰に隠れて、スマホの画面をこっそり確認した。

『はじめまして、一ノ瀬寿々さん。水原愛衣です。大迫先生から伺って、連絡させてもらいました。話を聞きたいということだけど、もし今日が大丈夫だったら、職場に来てもらえればお話しできますよ。住所はここです』

そんなメッセージを見て、寿々は大きく目を見開く。

「わっ、ぜ、ぜひ、伺わせていただきます」

寿々は、思わず声に出しながら、こそこそと返信をした。

三

愛衣が今、勤務している会社の場所は、地下鉄『四条(しじょう)』駅から徒歩数分だった。

地下鉄を降りて、地上に出た寿々は、石造りのレトロなビルや、近代的な建築物が建ち並ぶ様子を見回した。

この周辺は四条通と烏丸通が交差している交通量の多い通りだ。

メガバンクや証券会社が多く、京都の金融やビジネスの中心地であり、市内で最も都会的なエリアと言えるだろう。

「愛衣さんは、夢を叶えたんだ……」

愛衣は、京都・大阪・神戸の情報を発信するローカル雑誌『ＫＯＹＯＭＩ』を刊行している出版社に勤務しているという。社名もそのまま『ＫＯＹＯＭＩ』だ。

精霊が見せてくれた部室の記憶の中で、『私は情報を集めたりするのが好きだから、関西のローカル雑誌を作る人になって、あちこち取材に行ったりとかいいなぁ』と、愛衣が言っていたのを思い出し、寿々は胸を熱くした。

お洒落で洗練された都会的なオフィスで、バリバリ働いているのだろうか？

いや、愛衣は、この春に就職した新入社員だ。

今、覚えることばかりで、きっと大変なはず。

「……私を呼んだりして大丈夫だったのかな」

心配になりながら、スマホの地図アプリでビルを確認する。

該当する建物の前まで来て、寿々は「あれ？」と思わず口に出した。

そこは鉄筋三階建ての古い無機質なビルだった。

「ここ……？」

ビルの入口の壁に並ぶ郵便受けに『ＫＯＹＯＭＩ』という名前があるのを確認し、寿々は少しホッとして階段を上る。オフィスは三階だった。

「いらっしゃーい、散らかってるけど、どうぞ」

愛衣は、明るい笑顔で迎えてくれた。

高校の頃の写真と変わらないショートヘアに眼鏡だったが、社会人らしいシンプルなパンツスーツ姿であり、包容力を感じさせる雰囲気は、大人そのものだった。

オフィスはというと、かなり雑然としていた。

スチールデスクが四台あり、それぞれ雑誌や書類が山積みになっている。床には、段ボール箱が積み上がっていて、ホワイトボードには月間のスケジュールが乱雑に書き記されていた。

編集長らしき中年男性がパソコンにかじりつくように画面を熱心に見ていて、その側には三十代半ばの男性と女性がいた。

三人はそれぞれ寿々の方を見て、いらっしゃい、と微笑む。

なんだかアットホームな出版社だ。

寿々はホッとしながら、ぺこりとお辞儀をする。

「学徳学園高等部一年の、一ノ瀬寿々と申します。突然、押しかけてすみません」

「ううん、ミス研に興味を持ってくれたなんて嬉しくて。コーヒーでいいかな？」

寿々は、お構いなく、と手をかざし、

「あの、私、ミス研というより、ＯＧＭについてお聞きしたかったんです」

小声でそう続けると、愛衣は大きく目を見開いた。

「え……、どうして、そのことを……？」

愛衣の声が上ずっている。

しまった。ずばり聞いてはいけないことだったのだろうか？

寿々は身を縮ませながら、ぽつりと言った。

「私はその、安倍公生さんのところのそろばん塾にいまして……」

その言葉で愛衣は、すべてを察したようだ。

「それじゃあ、あなたも霊能力者？　霊とか妖を視たり、感じたりできるの？」

愛衣は、少し前のめりになって真剣に訊ねる。その声は少し震えていた。

「ええと、そうですね、はい」

今、寿々は御守の力が込められたリボンで髪を結び、能力を抑えている。

そのため、感情は読み取れない。

それでも愛衣が動揺しているのは伝わってきた。

たしか、彼女には霊能力がなかったはず、と寿々は思い返す。

寿々が知るOGMの情報の多くは、安倍公生からちちちらと長い時間をかけて聞き出したものだ。

メンバーの中で水原愛衣と賀茂和人の二人は霊能力がないこと、しかしメンバーを支える存在だったことも聞いていた。

だが、実のところ、当人の気持ちはどうだったのだろう?

持たない者は、持つ者を羨むもの。

チームの中にいた時は、必死で自分を鼓舞していても、本当は我慢を重ねていたのかもしれない。

OGMが解散した理由は、各々が進路のことで忙しくなったからだと寿々は思っていた。

そうではなく、何か別のわけがあったのだとしたら……。

どうしよう。来るべきではなかったのかもしれない……。

寿々が、ぐっ、と俯いたその時、

「よっしゃあ!」

と、愛衣は拳を握り締めて叫んだ。

「よっしゃあ？」

寿々は目を丸くして、顔を上げる。

「編集長、なんと、霊能力者さんが訪ねてきてくれました！」

愛衣が振り返って声を上げると、中年男性が立ちあがる。

「そりゃ、飛んで火に入る夏の虫だ！」

「ちょっ、その言い方」

え？　と、寿々は動きを止める。

戸惑う間もなく、寿々の両肩に愛衣の両手が置かれた。

「寿々ちゃんって言ったわよね？　これから数時間だけアルバイトしない？　バイト代、弾んでくれるはずだから」

「はいっ、弾ませてもらいますっ」

と、編集長が声を上げている。

寿々はよく分からないまま、はあ、と答える。

「私にできることなら……」

「それじゃあ、行きましょう。ついて来て！」

愛衣はすぐに大きなトートバッグを肩に引っかけて、寿々の手を引く。

「あ、はいっ」

寿々は慌てながら、その後を追った。

四

階段を下りてビルの裏手に向かうと、そこに古い軽自動車が停まっていた。

色は黒だったが、土埃で白っぽくなっている。

寿々は促されるまま助手席に乗ると、愛衣は慣れた様子で車を発進させた。

「この車、愛衣さんのですか？」

まさか、と愛衣は笑う。

「編集長の車なんだけど社用車として使っているの。自分の車だったら、こんな汚いままにしておかないし」

ほんとズボラなんだから……と愛衣はぼやいたあと、横目で寿々を見た。

「それより、突然ごめんなさいね。うちの会社は関西のグルメやファッションを発信している「ＫＯＹＯＭＩ」って雑誌と、怪奇現象を取り扱ったＷＥＢサイト『ＭＯＯＮ』の二本立てでやっているの」

「『ムー』ですか？」

「うん、そういう名前のもあるけど、うちは『ムーン』ね。月の」

ああ、と寿々は手を打つ。

そのサイトは、寿々も知っている。以前は、『不思議投稿サイト』という名前だったが、いつしか『MOON』に改名し、全国の不思議情報を発信していた。

「取材してほしいって投稿があったところをまわって、記事にしたりしてるんだけど、その時に『本当に心霊現象が起こっているか』を確認して、『組織』に報告するっていう裏の仕事もやっていてね」

「『組織』って、陰陽師（おんみょうじ）のですか？」

そう、と愛衣は答える。

「その報酬も馬鹿にならなくてね。うちの出版社は、編集長と副編集長の女性、印刷オペレーターの男性、そして私の四人だけの小さな出版社なんだけど、霊能力があるのが、編集長と副編集長だけなの」

けど、と愛衣は続ける。

「二人とも、体調次第で能力がなりを潜めることがあって、編集長は花粉症がひどくなると駄目になって、副編集長は月の満ち欠けで能力が低下するみたい。で、今がちょうど二人ともその状態になっていて……」

「それじゃあ、私がやることって……」

「心霊スポットに本当に霊がいるかどうかを確かめてほしいの」

はぁ、と寿々は気の抜けた声を出す。

霊がいるかどうかを確認するだけなんて、寿々にとっては造作もないことだ。

「でも、愛衣さんは『組織』の人と親しいですよね？　たとえば……賀茂澪人さんにお願いするとか」

寿々は、朔也の名前を口にしようとして躊躇し、澪人の名前を出した。

すると愛衣は、いやいや、と肩をすくめる。

「『組織』の人たちは、ほんっとーに忙しくてね。私たちはそんな『組織』の人たちをサポートする仕事をしているのに、彼らに直接出向いてもらったら意味がないというか……特に澪人さんにそんな雑用をお願いするなんて、畏れ多くてできないよ」

そういうことなんだ、と寿々は背もたれに身を委ねる。

いわば、『KOYOMI』は、組織の下請け企業のようなものなのだろう。

「あの……澪人さんは、陰陽師の仕事が忙しいのに、どうして大学のお仕事までしているんでしょう？」

寿々が囁くように訊ねると、愛衣は小さく笑った。

「そっか、寿々ちゃんは、学徳学園の生徒だから、澪人さんが講師だって知ってるんだもんね。『講師・澪様』の姿は見たことある？」

「あ、はい」

「なかなかの破壊力だったでしょう？」

「ものすごかったです。見事に女の子たちがなぎ倒されていました」

「やっぱり？　危険すぎだよね」

「そう思います」

寿々と愛衣は、肩を震わせて笑い合う。

「澪人さんが大学の——表の仕事をしているのは、『自分の能力がいつ、なりを潜めるか分からない』って言ってたのと、『表の仕事をすることで、バランスが取れる』とも言ってたんだよね。陰陽師の仕事ばかりしていると、浮世離れしすぎるみたい」

なるほど、と寿々は納得した。

彼はその外見だけでも十分、浮世離れしているのに、陰陽師の世界にだけどっぷり浸かっていたら、もはや人とは言えない雰囲気になっていそうだ。

「そういえば、澪人さんは昔、『俗世にしっかり身を置くことで、自分の修行になる』って言ってたなぁ」

と、愛衣は少し懐かしそうに洩らす。

「俗世に身を置くのが修行……なんですか？」

「うん。山に籠って滝に打たれているよりも、俗世にしっかり身を置いて、人間関係を築きながら世の中を渡っていく方が、ずっとしんどい場合があるって」

「それは……分かります」

かつて寿々は、人の輪が怖かった。

寿々は、感知能力に優れていた。

『目を合わせると人の心が読める』という能力を持つ小春ほどは強くないが、人の側にいると良い感情だけではなく、悪意、打算、嘘などネガティブな感情もキャッチすることができる。成長と共に力はどんどん強くなり、やがて学校に行けなくなった。

安倍公生の許（もと）で能力の使い方を学び、自分の力を制御する御守入りのリボンで髪を結ぶようになったことで、なんとか人の輪に入っていけるようになった。

成長した今の寿々は、人は誰でも表と裏の顔を持っているものだと理解している。

寿々自身もそうだ。

それでも、幼い頃は、それが受け入れられずに苦しかったのだ。

もし、あの頃、学校に行くか、滝に打たれるかの二択を迫られたら、寿々は迷わず滝を選んだだろう。

「ねっ、澪人さん、元気？　私もしばらく会っていなくて……」

そう問われて寿々は我に返り、ええと、とはにかみ、

「元気そうでした」

遠くから見ただけですが、と心の中で付け足す。

「そっか、良かった」

愛衣は運転しながら、そっと口角を上げる。

力を抑制している今、彼女の心の機微は分からない。

だけど、その横顔は、どこか寂しげに見えた。

もしかしたら、愛衣にとって澪人は決して戻れない青春の象徴なのかもしれない。

なんだか胸が痛くなって、寿々は思わず話題を変えた。

「そういえば愛衣さんって、この春に入社した新入社員さんですよね？　それなのに会社にとても馴染んでいるみたいで驚きました」

すると愛衣は、ふふっ、と笑う。

「新入社員って言っても、大学時代からバイトしているから、全然フレッシュじゃなくて」

「あっ、そうだったんですね」

車は丸太町通をまっすぐ西へ進み、嵐山の賑やかな町を横目に、さらに山の中へと入っていく。

会話をしていると道中はアッという間で、気が付くと目的地についていたようだ。

愛衣は車をパーキングに停めて、こっち、と歩き出す。

メインの通りから外れた、静かな山道だ。

「この先にあるそうなんだけど……」

と、愛衣は手入れのされていない雑木林に入っていく。

「…………」

この時点で、寿々は嫌な予感がしていた。

車を降りた途端、喉の周りを締め付けられるような苦しさと、胸が悪くなるような悪臭に気持ち悪さを感じ始めた。

リボンをつけているのにこの状態になるというのは、よほど土地の波動が重いのだろう。

口に手を当てて顔をしかめながら歩いていると、寿々は地面から飛び出していた木の枝に足を引っかけて転びそうになった。

「あっ、寿々ちゃん、足下、悪いから気を付けてね」

と、愛衣が寿々の手を取った。

次の瞬間、まるで強い風を受けたように、寿々の体の周りに巻き付いていた不快さや、漂っていた悪臭が吹き飛んだ。

「えっ」

寿々は大きく目を見開いて、愛衣を見る。

彼女の体の周りが、明るく光っているように見えた。その光は、つないだ手から伝わってきて、寿々を包んでいく。

愛衣は少し心配そうに、寿々の顔を覗く。

「顔色悪いけど、何か感じる？」

「あ、はい。気持ち悪かったんですけど……」

手を離した今も、愛衣のエネルギーが寿々の体に残っている。

「そっかぁ、私って本当に何も感じないんだよねぇ」

と、愛衣は少し残念そうに息をつく。

愛衣と和人は、チームの支えになっていたと聞いていた。

それは、きっと精神面でのことだと寿々は思っていた。

人とは違う力を持つ者は、孤独感も強い。そんななか、『普通の人』に理解をしてもらえる、受け入れてもらえるというのは、大きな心の支えになるだろうと。

「違ったんだ……」

と、寿々は思わず漏らす。

特別な力には、陰と陽がある。

陰は、見えないものを感知する力。

陽は、悪しきものを寄せ付けない力。

愛衣は、陽の力が殊更に強い。

彼女のその力は、本人の与り知らぬところでチームを救っていたのだろう。ＯＧＭのメンバーは、一人一人しっかり役割があり、誰一人欠かすことなく、天に選ばれた存在だったのだ。

「えっ、何が違ったって？」

なんでもないです、と寿々は首を横に振る。

「そっか、問題の場所はこの先でね……」

と、愛衣は再び歩き出し、寿々はその後に続いた。

全身が温かいエネルギーに包まれている。

今の寿々は、光の鎧をまとったようなものだ。

これなら大丈夫だろう。

寿々は意を決してリボンをほどいた。

髪が肩をすべり落ちていき、自分のアンテナがさらに鋭敏になる。

普段なら、立っているのもやっとであろう重い波動の地だけれど、今は愛衣のエネルギーがバリアの役割をしてくれているようだ。

愛衣に目を向けると、不思議と白衣に朱色の袴を纏った、巫女のように見えた。

「あ、愛衣さん、本当にすごいです！」

「やっぱり、ここすごいところなんだね」

「そうじゃなくて、愛衣さんが巫女のように見えて……」

巫女かぁ、愛衣は愉しげに笑う。

「寿々ちゃんにもそう見えるんだねぇ」

「よく言われるんですか？」

うん、と愛衣はうなずく。

「私が今住んでいる家、元々神社があった場所だったみたいでね、その上に家が建ったもんだから、曰くつきだったの。けど、私と父はすごく気に入ったのね。そうしたら、澪人さんが『ここに住むには、土地神様に仕える巫女のようになる必要がある』みたいなことを言ったから、『じゃあ、自分たちがそうなろう』って思って」

でね、と愛衣は話し続ける。

「父と私は、神主と巫女気分で家を磨いていったのね。そうして住み続けていくうちに霊能力のある人たちに『巫女に見える』って、言われるようになって……」

愛衣の強い『陽』の気は、おそらく元々持っているものだ。

さらに、元お社が建っていたというエネルギーが強い土地に住み、巫女のように奉仕したことで、持っていた能力が増幅されたのだろう。

寿々が感心していると、

「あった」

と、愛衣が、雑木林の向こうを指差した。

「あの木が曰くつきみたいで」

そこには、大樹が鎮座していた。

「寿々ちゃん、何か感じたり、見えたりする？」

大地にしっかりと根を張り、太い枝々が天を仰いでいる。

その枝々に、首をくくった者たちのシルエットが浮かびあがってくる。

まるで、鈴なりのようになっていた。

ひっ、と寿々は思わず、後退りする。

「やっぱり、何かいるんだね。どんな感じ？」

愛衣には、あれが見えていないのだ。

こういう時、特殊な能力を持たない人を心から羨ましいと思う。

「あの木で首吊りをした人たちのシルエットがたくさん見えます。木は黒いオーラを纏っていて、まるで迷っている人を誘っているようにも感じます」

そう、と愛衣は眉根を寄せる。

「『MOON』に投稿された記事によれば、あの木での自殺者が多かったり、木を切ろうとした人には不幸が起こったりしたんだって。あくまで噂の域だったんだけど、霊能力者さんの裏付けも取れたし、これは報告案件ってことで」

と、愛衣はカメラを取り出して、撮影を始めた。

「しゃ、写真撮影しちゃうんですね……」

視える自分には決してできない行為に、寿々はギョッとした。

「うん、『組織』に報告するのに、写真があった方が早いから……」

霊障と電化製品の相性は悪い。ここまで霊障が強いものを撮ったら、カメラが壊れてもおかしくないだろう。

「愛衣さん、カメラは大丈夫ですか？」

どうだろう？　と愛衣は写真を確認し、顔をしかめた。

「あらら、駄目だったみたい。真っ黒で何も写ってないや」

仕方ないかぁ、と洩らしながら愛衣はデータを確認している。

平然とした愛衣の様子に、寿々の方が戸惑った。

「驚かないんですか？」

「慣れてるから。霊障の強いところを写すのは大変なんだよね。こういう場合、無理に写さない方がいいと思っているし」

愛衣はあっけらかんと言って、今度はスマホを出し、メールを打っていた。

そうしながらも、愛衣は大樹からしっかり距離を取っている。

木に触ったり、枝を持ち帰ろうとしたりはしていない。

ここに来た目的は、あくまで、確認だ。

無闇に深入りしたりせず、自分の身を護る術を身に付けているのだろう。

「さすが、元ＯＧＭ……」

「さて、報告したし、これで仕事は完了。帰ろうか」

寿々が少しホッとして、「はい」と答えて、踵を返すと、

——こっち。

と、背後で声がした。

反射的に大樹の方に目を向けると、木の陰から黒い手が伸びているのが見えた。

木の枝のように細く、炭のように真っ黒だ。

その手は、やがて寿々に向かって手招きを始めた。

ゆらゆら、ゆらゆら、と風にそよぐように、黒い手が招いている。

まるで催眠術にでもかかったように、寿々の視界がぼんやりしてきた。

——おいで……。

優しい言葉が、頭の中に響く。

寿々の意識が頭のてっぺんから紐状に伸びて、黒い手にからめとられた気がした。

——何も心配はいらないよ。

すべてを包み込むような声に、寿々の胸が熱くなる。

寿々は気が付くと大樹に向かって、歩みを進めていた。

黒く長い手が、さらに伸びてくる。

――さあ、手を取って。

寿々は、こくり、とうなずいて、黒い手に右手を伸ばす。

その時、愛衣にしっかりと左手をつかまれた。

「寿々ちゃんっ、引きずられていない、大丈夫？」

寿々は我に返って、頭の先から飛び出ていた自分の意識を戻そうと、頭に手を乗せて押さえる。

すぐ近くまで伸びてきていた黒い手は、大樹の陰にある黒い塊につながっていた。

木の陰から窺うようにこちらを覗いている。

熊のように大きいが、目も鼻も凹凸もない丸い塊だった。そこに切れ込みを入れたようにぱっくりと開いた大きな口と、塊から伸びたたくさんの手が蠢いている。

寿々は、ぎゃっ、と叫びそうになってそれを堪えた。

自分は、二代目OGMを襲名したいと思っているのだ。

これしきの妖を前に、怯んでいる場合ではない。

「愛衣さん、私が、この木に憑いている妖を祓ったら、それは営業妨害になってしまいますか？」

えっ、と愛衣が目を瞬かせた。

「そんなことはないよ。祓った場合は、さらに評価してもらえるから、むしろウエルカムなんだけど、寿々ちゃん、そんなことができるの？」

「ええと、はいっ」

こんなふうに豪語しておきながら、寿々はまだ一度も除霊というものをしたことがない。

祝詞を覚えようと毎日唱えているが、暗記まではできていなかった。

それでも、大丈夫、と寿々は人差し指と中指を立てる。

万能な呪文があるのだ。

「臨・兵・闘・者……」

寿々は、手を動かして、袈裟懸けにバツ印を描いていく。

九字護身法だ。

九字は印を結んだり、四縦五横に線を描いたりする方法などもあり、このようにバツ印を描いていくやり方は、『早九字活法』という。

額に力を込めて、指先に自分のエネルギーを集結させていき、

「――皆・陣・列・在・前ッ！」

最後に、縦に一刀両断して、放出する。

寿々のエネルギーが塊となって、黒い塊に放たれた。

黒い塊が避（よ）けようとのけ反ったのが分かったが、寿々の放ったエネルギーのスピードの方がはるかに速い。

見事に衝突し、辺りが白くなった気がした。

「やった！」

寿々は両手を握り締めて、腰をかがめる。

「よく分からないけど、寿々ちゃん、やったんだね！」

「はい、ちゃんと、やっつけ……」

そこまで言って、寿々は言葉を詰まらせた。

今もまだ、悪しき波動は残ったまま。それどころか、強くなったように感じる。

寿々が恐る恐る大樹の方に目を向けると、先ほどより大きく膨れ上がった黒い塊が、満足そうに腹を摩（さす）っていた。

寿々は目を見開いて、忌まわしい悪霊を見上げる。

「寿々ちゃん、どうかしたの？」

「食べられちゃった……みたいです」

寿々が放った渾身（こんしん）のエネルギーは、すべて悪霊に吸収されていた。

もう、自分のエネルギーは残っていない。

こんな悪霊に取り込まれたら、どんなに陽の力が強い愛衣もただではすまされないだろう。

あの時大人しく立ち去っていれば、こんなことにはならなかったのに……。

絶望を前にした時、目の前が真っ暗になるというけれど、違っていた。

頭も目の前も、真っ白になっていた。

悪霊が愛衣に向かって、手を伸ばす。

寿々は、なんとか阻止しようとするも、体が動かない。

次の瞬間、

「阿毘羅吽欠蘇婆訶(あびらうんけんそわか)！」

と、歯切れの良い声が響いた。

強風と共に、白い炎を纏(まと)った大きな虎が轟音(ごうおん)を立てて現われ、黒い悪霊の体を突き抜けていく。黒い悪霊の体は真っ二つに割れた。それでも、虎の体を捕まえようと、もがきながら、手を伸ばす。

虎は、エネルギーの炎を大きくさせて、一蹴(いっしゅう)するように吠(ほ)える。

黒い悪霊の体は燃え上がる炎に包まれた。

断末魔の叫びが響く。

忌まわしい悪霊は、瞬く間に灰になっていった。

てっきり、悔しさや憎しみの感情に満ちているかと思えば、そうではない感情が伝わってきて、寿々は意外に感じた。

それよりも一体、誰が？

寿々が呆然としながら振り返ると、そこには水干を纏った青年の姿があった。

少し明るめのウエーブがかかった髪に、可愛らしい顔立ちをしたアイドルのような男の子だ。

彼の名は——、

「朔也、どうしてここに？　それに、なにその格好」

愛衣はぎょっとしながら、朔也の上から下までを眺める。

「今、嵐山の『松の屋』さんをお借りして、儀式をしていたところだったんだよぅ。そうしたら、コウメ様が愛衣ちゃんの危険を教えてくれたからさぁ」

良かったぁ、と朔也は、愛衣の許に駆け寄る。

そのまま、ギュッと抱き締めた。

「ちょっ、こんなところで、やめてってば」

「愛衣ちゃんはあの悪霊が見えなかったから、そんな風に言うけど、結構な大ピンチだったんだからね？　俺に感謝のチューとかしてもらっても、全然いいし」

「だ、だから、そういうのは、こういうところではっ」

愛衣は真っ赤になって、朔也の体を手で押している。

寿々は、ぽかんと口を開けて、その光景を見ていた。

視線を感じた朔也は、さすがにばつが悪くなった様子で、愛衣から離れて、寿々の前に立った。

「愛衣ちゃんを護ろうとしてくれてありがとう」

「あ、いえ」

「だけど、ああいう輩に、自分の体内エネルギーを集めてぶつけるのは危険なんだ。低級霊ならイチコロだったと思うけど、強い相手の場合、下手をすれば餌を与える状態になってしまうから」

そういえば、と愛衣は顎に人差し指を当てる。

「朔也も元々、自分のエネルギーを使っていたんだよね？」

「そうそう、俺もそうだったんだよね。今はちゃんと神仏の力をダウンロードして、放つようにしているし。君もコツさえつかめば、すぐにできるようになるよ」

「あっ、紹介が後になっちゃった。朔也、彼女は一ノ瀬寿々ちゃん。学徳学園高等部の一年生で、安倍公生さんところの生徒さんなんだって」

「へぇ、公生さんとこの……そっか、霊能力が強いわけだ」

「やっぱり、そういうの分かるんだね」

「そりゃあね」

と、笑い合う愛衣と朔也を前に、寿々は何も言えないままでいた。

頭の中が、大混乱だ。

大ピンチの時に助けてくれたのは、三善朔也だった。そんな彼は助けた後に、愛衣に抱き着いている。

愛衣は、白王子こと水城静流に告白され、交際したという話だったのに。

――どういうこと？

「寿々ちゃん、固まってるけど、どうかした？」

と、愛衣が顔を覗く。

「怖かったんだよ。結構な悪霊だったからさ。こういう時は、可愛いものを見て癒されるべきだよね」

朔也はそう言って自分の後ろにいた真っ白くもふもふした柴犬――ならぬ、狐神を抱っこして、寿々の前に見せた。

狐神は五本のふさふさの尾を揺らしながら、くりくりとした瞳で、大丈夫？　と訴えかけてくる。

可愛い、と寿々の頬が緩んだ。

だが、この子は、たしか小春の側にいた狐神のはずだ。

一体全体……、

「ええと、その……大丈夫じゃないです！　一体、全体、ＯＧＭはどういうことになっているんですか？」

寿々の心からの叫びが、雑木林に響き渡った。

五

とりあえず、落ち着いたところで話をしよう、と三人は雑木林を出て、嵐山の和風カフェに入った。

京町家（きょうまちや）の風情ある建物だったが、店内は意外にも近代的で洗練された雰囲気だ。

三人は、『抹茶クリームソーダ』をオーダーした。

その名の通り、微炭酸の抹茶の上にバニラアイスが載っている。

抹茶のソーダってどんなものだろうと、半ばチャレンジ精神で頼んだ寿々だったが予想外に美味（おい）しかった。

ほろ苦い抹茶ソーダに、バニラと生クリームの濃厚さが絶妙だ。

初めて飲むのにどこか懐かしい感じがする。

今度、千歳たちを誘って来よう。

そういえば、ここのお店の名前、なんていったかな？

そんなことを考えながら、抹茶クリームソーダを飲んでいると、

「それで、寿々ちゃんの聞きたいことって？」

朔也に問われて、寿々はハッとした。

すみません、と会釈をして話を始める。

かつて、安倍公生のそろばん塾で、初めて千歳に出会ったこと。

学徳学園高等部に進学し、幼馴染み（おさななじ）が揃ったこと。

二代目OGMになりたいという想いがあること……。

コップの中の氷が溶けて、カランと音を立てた頃、寿々はこれまで集めてきたOGMの情報をすべて二人に伝え終えていた。

「そりゃ、混乱するよねぇ」

と、朔也は、ストローを手にしながら、納得の声を上げた。

彼の前の、『抹茶クリームソーダ』は、もう半分に減っていた。

こんなにもクリームソーダが似合う男子もなかなかいないだろう。

「結論から言うと、愛衣ちゃんが、白王子と付き合ったのは、本当だよ」

あっさりそう言った朔也を前に、寿々は「えっ」と動きを止め、愛衣は弱ったように目をそらしている。

「あの、付き合ったというかね……」

「俺さ、高二の時くらいに愛衣ちゃんが好きだって自覚したんだけど、勇気が出なくて、告白できずにいたんだ。高三になったらみんな受験モードで、恋愛どころじゃなくなっていたし。あっ、うちの学校、大学までエスカレーター式だと油断していたら、えらい目見るから気を付けて」

「そうそう、外部からの入学希望者も多いし、他の学校よりもシビアな面もあって。高校まではスムーズだけど、大学進学に関しては、ガチなんだよね」

と、愛衣が付け加える。

「だから、大学に進学したら、ちゃんと告白しようと思っていたんだ。そうしたら、白王子の奴が卒業式の日に、愛衣ちゃんに告白したんだよ。しかもみんなの前で、『僕を王子様扱いせず、遠慮なくビシバシなんでも言ってくれたのは愛衣ちゃんだけだった。僕と付き合ってください』って。そしたら、周りが大絶叫」

白王子のルックスは、寿々もよく知っている。

今、モデルとして活躍しているくらいだ。

そんな人が、卒業式の日に皆の前で告白したとなれば、大騒ぎになるだろう。

「私もね……男の子に告白されたのなんて初めてだったし、異性に関して自分にまったく自信がなかったから、正直、嬉しかったんだ。それで『とりあえずお友達から』

って感じで、まぁ、とっくに友達ではあったんだけど、そう答えたの。でも、周囲には付き合っているように見られたし、自分たちも付き合ってる感じにはなったよね。そしたら、それから朔也が私を避けるようになって……」

と、愛衣は横目で、朔也を見る。

「俺は、普通に落ち込んでいただけなんだけどね。愛衣ちゃんの側にいるのがつらくてさぁ。自分のふがいなさを呪いまくったよ……」

朔也は頬杖をつきながら、ふぅ、と息をつき、話を続けた。

「で、俺は反省したんだ。一度も勇気を出せてなかったなって。どうせ失恋確定なら、ちゃんと愛衣ちゃんに告白しようと思ったんだよね。そうじゃないと、前に進めない気がして……それで、愛衣ちゃんを中庭の塔に呼び出したんだ」

「OGMの部室、ですね」

と、囁いた寿々に、朔也は、そう、とうなずく。

「朔也からのメッセージを受け取った時、静流君が側にいてね。『行かないでほしい』って言われたの。で、その時に私にとって衝撃的なことがあって」

愛衣は、ごにょごにょと口ごもる。

その話を聞きながら、寿々の頭にその時の光景が伝わってきた。

静流はその時、無理やりと言っても良いくらい強引に愛衣にキスをしたようだ。

寿々はどんな表情をしていいのか分からなくなり、とりあえず無言で相槌をうち、次の言葉を待った。

「その時、朔也の顔が浮かんで、私は初めて自分の気持ちに気付くことができたんだ。私が好きな人は朔也だったんだ……って。静流君に申し訳なくて、好きじゃない人の気持ちを安易に受け入れた自分が許せなくて……そして衝撃的なこともあって、色んな気持ちがぐちゃぐちゃになって涙が止まらなかった」

「それで、どうしたんですか？」

「結局、静流君に謝って、私は朔也に会いに行くことにしたの。朔也の用件が何なのか分からなかったけど、ようやく自分の気持ちに気付けたから、想いを伝えたいと思って……。それで部室に向かって、その、まぁ、こんなことに……」

と、愛衣は、気恥ずかしそうに言う。

その時の光景の続きが、伝わってきた。

＊　＊　＊

空が橙色に染まる、初夏の黄昏時。

部室も空と同じ色に染まっている。

愛衣が息を切らして部室に入ると、窓の外を眺めていた朔也が振り返って、屈託のない笑顔を見せた。

『愛衣ちゃん、急に呼び出したりして、ごめんね』

ううん、と愛衣は首を横に振る。

『私もちょうど、伝えたいことができて』

『わ、なんだろう。聞きたいような、聞きたくないようなだなぁ……』

朔也は力なく笑って、頭を掻(か)く。

『でも、先に朔也の話を聞きたい』

そう言うと朔也は、そうだね、とはにかんだ。

『俺も、自分の話からしたい。俺、ヘタレだからさ、愛衣ちゃんの言葉次第では言えなくなりそうな気がして』

朔也は息を吸って吐き出し、胸に手を当てる。

『愛衣ちゃんは、俺がコハちゃんを好きだって勘違いしていた時もあったけど、実はそんなことは一度もなくて、実は俺、コハちゃんを羨(うらや)ましく思ってたくらいなんだ』

えっ、と愛衣は小首を傾げる。

『小春が羨ましいって、どうして？』

『いつも愛衣ちゃんの一番側にいたから』

愛衣が戸惑っていると、俺さ、と朔也は話を続ける。

『前にも話したことがあるかもしれないけど、悪徳霊能力者に家族をバラバラにされてしまったことが尾を引いてて、霊能力が強い人にどうしても心を全部開けないんだよね。仲間としてなら別なんだけど、恋愛感情はどうしても抱けなくて、無意識のうちに壁を作っちゃうんだ。だから、小さい頃から俺が好きになる女の子は、霊能力のない子ばかりだった。けど、そういう普通の子って俺のような人間を理解してくれない。そういうのも分かっているから、ここでも壁を作ってしまう。そんなんだから、チャラチャラして、女の子と遊ぶくらいがちょうどいいって感じになってた……』

朔也は一拍置いて、愛衣を見詰めた。

『だから、愛衣ちゃんの存在は衝撃だった。霊能力がないのに、コハちゃんのことを心から慕っていて、それどころか、全然引かずに嬉しそうに側にいる。コハちゃんが羨ましい。俺も愛衣ちゃんみたいな子に側にいてほしい、って最初は思ってて……』

愛衣は、何も言えず、朔也を見詰め返す。

『気が付くと、好きになってた。もうずっと大好きだった』

それなのに、と朔也は泣き笑いのような顔を見せる。

『自覚した頃、由里子センパイに告白されたり、ヘタレだったりで、自分の気持ちを伝えられなかった。そうこうしているうちに、白王子に先越されちゃってさ……』

朔也は前髪をかき上げて、くしゃっとつかむ。

『もう、俺、何やってんだよ、って自分を責めまくってた』

朔也は、もう一度息を吐き出して、愛衣を見る。

『だけど、この気持ちを伝えないと、前に進めないって思って。今の愛衣ちゃんには迷惑な話だと思うんだけど、まー、実は俺がこんな風に想っていたっていうのを心の片隅に残しておいてもらえたら……』

朔也が空笑いをしたその時、愛衣は駆け寄って、朔也の体を強く抱き締めた。

『えっ？』

『私も……好き。そのことに今日やっと気付けたんだ』

朔也は、自分に何が起こったのか理解するのに時間がかかっているようだ。

愛衣に抱き締められたまま、放心していた。

ややあって、声を震わせながら訊ねる。

『……俺の告白を聞いて？』

ううん、と愛衣は首を振る。

『朔也からの呼び出しを知った静流君が、行かないでほしいって言って、それで……』

キスされて、とはいえず、愛衣は口ごもり、話を続ける。

『静流君に謝って、ここに来た』

『え……静流っちはなんて？』

『知ってたよ、って……』

そっか、と朔也は唇を噛む。

『ごめん、俺がもっと早く勇気を出していれば……』

そう言って涙を零す朔也を見て、愛衣も涙を滲ませた。

『それは、私も同じだよ。早く気持ちに気付いていれば……』

想いが結ばれた喜びと静流を傷付けてしまった痛みのなか、朔也は、愛衣の背中に手をまわし、強く抱き締めた。

重なった二人の影は、夕陽に照らされて、長く長く伸びていた。

＊＊＊

愛衣と朔也の想いが結ばれた日の出来事の記憶を受け取った寿々は、戸惑いを感じていた。

リボンを外しているとはいえ、特別なことは何もしていない。

それなのに、こんなにも鮮明に、誰かの記憶をキャッチしたのは、初めてだった。

二人のエネルギーが強いからこそなのかもしれない。

なにはともあれ、二人が結ばれて良かった、と寿々は頬を緩ませる。

「すみません、私、中途半端な情報で、今でも愛衣さんが、白王子さんと付き合っているんだと勘違いしてしまって……」

寿々がぺこりと頭を下げると、朔也と愛衣は笑って首を振る。

「いやいや、あの告白が派手だったから、今でもそう思っている人多いんだよねぇ」

でもね、と愛衣は声を潜めて話す。

「静流君も今、幸せにしているから」

みなまで言わなくても、彼に今、素敵なパートナーがいるのが伝わってきた。

「もしかして、『KOYOMI』が、陰陽師（おんみょうじ）の『組織』とつながっているのは、朔也さんが関係していたりしますか？」

寿々が前のめりで訊ねると、朔也はあっさり「うん」とうなずいた。

「愛衣ちゃんのバイト先の編集長が、うちの『不思議投稿サイト』に興味を持ってるって聞いてさ、サイトの運営を任せようと思ったのがキッカケなんだけど」

『不思議投稿サイト』は元々三善家が運営していたのだが、近年は放置状態で、持て余していたのだという。

「で、その打ち合わせで編集長に会ってみたら、なかなか強い霊感を持っているし、その上、心霊スポットに行くのが好きだって話で。それなら、除霊の仕事も手伝って

感じで」

もらえないかってことになって」

「編集長に『組織』のことを話したんですね？」

「詳しくは伝えていないんだ。あくまで、除霊を請け負っている『組織』があるって言ってる。編集長は薄々気付いているみたいだけど、まぁ、そこは、暗黙の了解的な感じで」

なるほど、と寿々は納得し、ですが、と訊ねる。

「外部の方の協力を仰ぎたいくらい、『組織』の人たちは忙しいんですか？」

「うん、これがまた、結構忙しいんだ。細々した霊障のチェックまで手が回らないんだよね。だから霊障の酷いところを報告してくれたり、なんなら祓ってくれたりすると、本当に助かるんだよ」

「もしの話ですけど、嘘をつかれた場合はどうなるんですか？　霊障がないところに行って、『祓っておきました』って報告してこられたら……」

寿々の素朴な疑問に、愛衣は噴き出す。

「寿々ちゃん、私と同じこと聞いてる」

ほんとだね、と朔也も笑う。

「そういうのは、俺たち『審神者』は、すぐ分かるんだ」

『審神者』とは元々、祈禱師が降ろした言葉が、善神のものか悪神のものかを審判する力を持つ者を指す。陰陽師の『組織』においては、陰陽師たちを束ねるリーダーのような存在だ。

「朔也さん、『審神者』なんですね。すごい」

「えへへ、まぁ、賀茂くんの相棒としては、当然だけどね」

と、朔也は照れたように頭を掻いた。

賀茂くん、と聞いて、寿々は一番聞きたかったことを思い出した。

「それと、あの……」

聞きにくさを感じながらも、寿々は口を開く。

「澪人さんと小春さんは、どうなっているんでしょうか？」

えっ、と愛衣と朔也が、動きを止めた。

「どうして小春さんは東京に行ってしまったんでしょうか？　澪人さんとはやっぱり別れてしまったんでしょうか？　千歳がＯＧＭと距離を置いてしまったのは、もしかして、それが原因なんでしょうか？」

一気に問いかけながら、寿々の目に涙が滲んでくる。

人それぞれの人生だ。

どんな選択をしようと、その人の自由だと思っている。

それでも、澪人と小春には別れてほしくなかった。

憧れの二人だったのだ。

そんな寿々を前に、愛衣が何かを言おうとしたのを、朔也が制した。

そっか、と朔也は神妙な面持ちで相槌をうつ。

「……寿々ちゃんは、あの二人のことを気にしていたんだ」

はい、と寿々は目に浮かんだ涙を拭った。

「けど、賀茂くんとコハちゃんについては、個人の問題だから、俺たち他人が何か言えるわけじゃないんだ」

「えっ、朔也」

でも、と朔也は強い口調で続けた。

「今度の土曜日の午後イチ、祇園の『さくら庵』に行ってみるといいよ。その日は、宗次朗さんが店頭にいるから、教えてくれるはずだよ」

「宗次朗さんって、小春さんの叔父様の和菓子職人さんですよね?」

寿々は宗次朗に会ったことはないが、彼が作る和菓子の味は知っている。公生が、宗次朗の作る和菓子のファンで、よく買ってきていたためだ。

寿々のお気に入りは、苺入り桜餅、雪うさぎ、和栗のモンブラン、小鈴の落雁……とキリがないくらいだ。

「そう。今や、京都で人気の和菓子店のオーナーだよ」

「『さくら庵』は、どこの店舗も午後には商品が品薄になるくらい人気でね、今や京都の新生和菓子店として注目を集めているみたい」

朔也と愛衣が少し誇らしげに言う。

「宗次朗さんのお店って、今、何店舗あるんですか？」

「そうだねぇ、宗次朗さんの和菓子屋は、本店が祇園、二号店が伏見の商店街、三号店が宇治の商店街、そして四号店が嵐山だから、全部で四店舗だ」

と、朔也は指を折りながら言う。

「嵐山って、この辺りにも宗次朗さんのお店があるんですか？」

どこにあるんだろう？

寿々が首を伸ばして窓の外を眺めていると、朔也と愛衣は肩を震わせた。

「やだな、寿々ちゃん。ここが、その四号店だよ」

「えっ、ここ？」

寿々が手元にあった紙ナプキンに目を落とすと、そこには、『ＳＡＫＵＲＡ＊ＡＮ嵐山店』と書かれていた。

「さくら、あん、嵐山店……」

愛衣は、ふふっと笑って言う。

「この嵐山店だけカフェと併設だから、店名もローマ字なんだって。今私たちが飲んでいる『抹茶クリームソーダ』も宗次朗さんの考案なんだよ」

「そうだったんですね」

と寿々は、コップに顔を近付けて、大きく首を縦に振る。

「どうりで、すごく美味しいと思いました」

「さすがだよね、宗次朗さんは凄いよ。そんな感じで、各店回って大忙しなんだけど、今度の土曜日は必ず祇園の本店にいるんだって。俺は午後イチがおすすめだな」

「土曜日の午後イチですね……」

分かりました、と寿々は強い眼差しで、首を縦に振る。

ストローを手にし、もうほとんどなくなりかかっている『抹茶クリームソーダ』を一気に飲み干した。

ほろ苦く甘く、どこか懐かしい味が、口の中に広がっていく。

これはまるで、愛衣と朔也の恋の味のようだ。

肩を寄せ合って笑い合っている朔也と愛衣を前に、寿々はそっと口角を上げた。

第二章　懐かしい桜餅と彼らの真相。

一

待ち遠しい日があると、時間の流れが遅く感じるものだ。

いつもはアッという間に一週間が過ぎていくのに、今度の土曜日までがとてつもなく長かった。

放課後、寿々は教室を出ようとして、足を止める。

壁に掛けられたカレンダーが目に留まったためだ。

「まだ水曜日……」

「一ノ瀬さん、カレンダーがどうかした？」

クラスメイトに声をかけられ、寿々は、なんでもない、とはにかむ。

それなりに歴史のあるこの学徳学園は、『男女七歳にして席を同じうせず』の精神が未だ残っていて、男子と女子のクラスが分かれている。そのため、寿々のクラスメイトは全員女子だ。しかし、近年設けられた成績優秀者だけが入れる特別進学クラス、通称・特進だけは例外で、そこは男女が机を並べていた。

学年トップの成績を誇る千歳と透は特進クラスであり、成績が中の中の寿々と下の中の剛士は普通クラスだ。

「ねっ、一ノ瀬さんもこの後、一緒に遊びに行かない？」

「にゃんこの形したパフェを出してくれる可愛いカフェが、西陣にあるんやって」

猫の形をしたパフェと聞いて、寿々の心がぐらりと揺れたが、今日は塔の部室に行って、確かめたいことがあった。

「気になるけど、今日はごめん」

また誘って、と寿々は手を合わせる。

「もしかして、デート？」

クラスメイトの一人がそう訊ねると、その言葉が引き金となって、「え、デート？」と近くにいた女子たちがわらわらと集まってきた。

「いやいや、デートなんかじゃ……」

中等部の時は、『推し』の話を耳にすることが多かったのに、高等部になると、途端にリアルな恋愛の話題が増えてくる。

そもそもデートする相手もいないよ、と寿々は頬を引きつらせた。

「一ノ瀬さんって、やっぱり白王子と付き合っているの？」

「黒王子ともよく一緒にいるよね？」

「空手で有名な海藤君とも親しいやん？」

一気に詰め寄られて寿々は、あわわ、と少しのけ反る。

中等部からのエスカレーター組は寿々と彼らが幼馴染み（おさななじみ）だと知っているが、外部から入学してきた生徒から見れば、どういう関係なのか分からず、気になるのだろう。

三人ともそれぞれに目立つのだ。

「ううん、そんなんじゃなくて、小学校から同じ塾で勉強してきた幼馴染みで……」

そう言うと、クラスメイトたちは一瞬動きを止める。今日も髪にリボンを結んで感知能力を抑制しているが、考えていることは分かった。

『どうして同じ塾出身なのに、こんなにも成績差が出ているのだろう？』と思っているのだろう。

「ちなみに、そろばん塾なんだけどね」

そう付け加えると、皆は瞬時に納得した表情を見せる。

「へぇ、白王子と黒王子、小学校から京都にいたんや。二人は標準語やし、てっきり最近、関東から来たのかと思うてた……」

独り言のように洩らしたクラスメイトを見て、寿々は答える。

「二人は小学校の頃、関東から引っ越してきたの」

「一ノ瀬さんも、関東から？」

そう問われて、寿々は首を横に振った。

「ううん、ずっと京都だよ」

そう言うと、皆は少し驚いた様子だ。

「そうだったんだ。言葉が標準語だから、関東の人かと思ってた」

「せやけど、言われてみれば、イントネーションは関西訛りやなぁ」

「もしかして、王子二人の言葉が伝染ったとか？」

あらためて聞かれて、寿々はばつが悪くなり、目を伏せた。

実のところ寿々も幼い頃は、普通に京都弁を使っていたのだ。

「うん、まぁ、そんな感じで……」

曖昧に答えていると、「寿々」と、扉の方から聞き慣れた男子の声がした。

顔を上げると、透がひらひらと手を振っている。

クラスメイトたちが、わっ、と小さく声を上げた。

「やば、黒王子、近くで見ると、よりカッコイイ」

「ほんと、素敵」

透は、黒髪に黒縁の眼鏡、そして背が高く、常に敬語だ。たしかに、大人っぽくて『カッコイイ』タイプと言えるだろう。

しかし、寿々には、世話焼きのお母さんのような印象しかない。

寿々は、それじゃあ、とクラスメイトたちに会釈をして、透の許に向かった。

「透、どうしたの？」

「今日は塾がないから、寿々の調査に付き合おうかなと思いまして」

「えっ、私、透に今日も調査するって伝えてた？」

「いいえ、でも君のことだから、どうせするんだろうなと……違いました？」

と、透は眼鏡の奥の目をにこりと細める。

「……するけど」

「で、今日は何を？」

「もう一度アルバムの写真を確認したいの。だから中庭の塔に行くのに、まずは先生に鍵を借りに……」

そこまで言った時、透は寿々の目の前に、塔の鍵を出した。

「これ？」

「……そう」

得意満面な透の顔を前に、寿々は面白くなさを感じながら、鍵を受け取る。

まるでエスコートするように歩き出す透を見て、クラスメイトたちが熱い息を洩らしている。

寿々は、彼女たちの視線を背中に受けながら、中庭の塔へと向かった。

寿々は部室に入るなり、すぐに本棚の前に立ち、アルバムを手に取って、テーブルの上に置く。

「どの写真を確認するんですか？」

横から首を伸ばして訊ねる透に、寿々はアルバムに目を落としたまま答えた。

「千歳は、小春さんたちが高校三年になった頃から、この部室に来ていない説があって、写真を見てそれが本当か確かめたかったの」

「それは、どこ説です？」

説って……、と透は苦笑する。

「大迫先生説」

と、寿々はアルバムのページをめくった。

一度見ているため、なんとなく分かる。

このアルバムは、OGM結成前の写真も貼られているようだ。

最初の方のページは、小春たちは一年生で、清滝にハイキングに行く小春と愛衣の自撮りや、和服に白いエプロンを着けている写真、そして馬上で弓矢を手にした澪人の写真もあった。これは、楓祭（学園祭）だろう。

この頃から——普通の人の目には見えないけれど——狐神・コウメの姿が写真の端に写っている。尾はまだ一本だ。

今五本もあることを考えると、コウメは短期間で随分パワーアップしたようだ。

その後、朔也が登場するようになる。

由里子が写真に加わった頃から、小春たちは二年生になる。

やがて、和人も加わって、祇園の『さくら庵』で宴会している写真が続く。

千歳の写真が出てくるのは、この年の初冬あたり。

やはり、頻繁にOGMと交流があったようだ。

部室でクリスマス会をしたり、旅館のような和風邸宅（おそらく上賀茂の賀茂邸）で新年会をしたりしている写真にも千歳の姿があった。

バレンタインは、皆でチョコレートを食べていて、ホワイトデーは、朔也が女子たちのためにケーキを焼いたようだ。

春休みは、中庭で花見をしている写真があった。

そこに澪人、小春、愛衣、朔也、由里子、和人、千歳が揃っていて、和菓子を手に皆、笑顔を見せていた。

とても楽しそうな様子に、寿々の頰が緩む。

だが、その後、三年生になった辺りからぱたりと千歳の写真がなくなっていた。

「大迫先生の説は、当たっているのかも……」

ぽつりと零した寿々の言葉に、透は同意した。

「ですねぇ、卒業式の時にすら、姿を見せていないし……」

それでね、と寿々が話を続ける。

「小春さんたちが三年生になってから姿を現わさなくなったのは、千歳だけじゃなくて、澪人さん、由里子さん、和人さんもだよね」

「由里子さんは、勉強が忙しくなったからでしょう。和人さんは由里子さんがいないから、来なかったのではないかと……」

和人が由里子を溺愛しているのは、公生から聞いていた。

「だね。分からないのは、澪人さん……」

「澪人さんも、勉強や陰陽師の仕事に忙しくなったのではないでしょうか」

「それにしたって、大学部は同じ敷地内だよ？　それまでこんなにちょくちょく来ていたのに、パタッと写真がないって……」

透も手を伸ばして、アルバムのページを確認しながらつぶやく。

「そもそも、三年生になってからの写真自体、極端に少ないですね」

「うん、やっぱり受験生だったからなんだろうね……」

少ない写真に写っているのは小春、愛衣、朔也、時々、白王子こと水城静流だ。

諸々（もろもろ）の話を聞いた今、こうして写真を見ると、朔也と静流は明らかに、愛衣を意識している雰囲気だ。

「もしかして、三年生になる前に小春さんと澪人さんはお別れをしたのかな……？」

「どうしてそう思うんですか？」

「二人が別れたから、千歳は怒っているんじゃないかって」

「澪人さんと小春さんが別れているなんて、本気で思っているんですか？」

寿々は、ぐっ、と言葉を詰まらせた。

自分でも、そうあってほしくないと思っている。

それでも、浮かんだ可能性を無視できない。

「……たとえば、小春さんが東京の大学を受験すると決めて、そのことがキッカケで別々の道を進むことを選んだとか……」

ああ、と透は腕を組んだ。

「そういう理由での別れは、よくある話ですよね。受験生で勉強に集中もしたかっただろうし……」

ですが、と透は続ける。

「真相は分かりませんが、小春さんは三年生になってからも幸せそうな笑顔で写真に写っていますね」

寿々は黙って、小春の写真に目を落とす。

透の言った通り、写真の中の小春は、どれも幸せそうな微笑みを浮かべていた。

考えれば考えるほど分からなくなり、寿々は大きく頭を振り、

「今はいいや」

と、アルバムを閉じた。

真相はきっと土曜日に明らかになるだろう。

寿々は気を取り直し、そういえば、と明るい口調で言う。

「私、昨日、除霊を試みたの」

いきなりがらりと変わった話題に驚いたのか、透は目を瞬(また)かせた。

「えっ、除霊? 寿々がですか?」

「うん。霊障が酷(ひど)い場所に行くことになって……」

「人一倍感知力が強いのに、霊障が強い場所なんて行って大丈夫だったんですか? いつもは避けていますよね?」

「…………」

「本当に除霊したんですか？　寿々の妄想話じゃなくて？」

「妄想って……」

私をなんだと思っているのだろう、と寿々は頰を引きつらせる。

「『除霊をした』とは言ってないよ。『試みた』って言ったでしょう？」

「除霊しようとして、できなかったってことですか？」

「そういうこと。見事に失敗しちゃって……」

寿々はばつの悪さに、目をそらしながら言う。

「だ、大丈夫だったんですか？」

と、透は寿々の肩に両手を乗せて、顔を近付けた。

その目が真剣で、思わず気圧（けお）される。

「こ、こうして、ピンピンしてるんだから大丈夫だよ」

「そうなんですけど」

今も肩をつかんでいる透に戸惑っていると、部室の扉が開いた。

剛士が顔を出し、「おっ」と声を洩（も）らす。

「やっぱりここやったんや。って、悪（わり）ぃ、俺、邪魔やった？」

「剛士……」

寿々はぽかんとしただけだったが、透は素早く手を離して、別に、と微笑む。

「寿々の無事を確かめていただけですよ」

なんやそれ、と剛士は笑う。

「てっきり、ようやく、透が行動に移せたんやって思たんやけどなぁ」

豪快に笑っていた剛士だが、体をビクッとさせて口を閉ざした。

横を見ると、透が冷ややかな表情で睨んでいる。

いつも穏やかな透がこんな顔をするのはなかなか珍しい。

「行動ってなんのこと？」

「なんでもありませんよ。ですよね、剛士？」

「あー、なんでもあらへん」

剛士は慌てたように相槌をうち、ぽつりと付け加える。

「ただ、ちょっと可哀相な男の話やねん」

その瞬間、透は剛士の脇を肘で突いた。

剛士は、ぐっ、と脇腹に手を当てて体を二つに折るも、透は微笑んだままだ。

「毎日鍛えているくせに、大袈裟な」

「油断してる時の攻撃は反則やで、ほんま」

相変わらず仲がいい二人を前に、寿々はふふっと笑う。

「また、二人してじゃれ合って」

「じゃれ合う……？」

剛士と透は互いに顔を見合わせ、揃って肩をすくめた。

「それはそうと、寿々の除霊話、ちゃんと聞かせてください」

「えっ、除霊ってなんやねん。寿々、そないなことしたんや？　大丈夫なん？」

今度は、剛士が前のめりになる。寿々と鼻先が触れ合う距離まで身を乗り出したところで、透がそれを制した。

「ですから、今からその話を聞くところですよ」

「あ、せやな」

剛士と透は椅子にちょこんと腰を掛けて、寿々の方を向く。

聞く態勢をしっかり整えている二人を前に、寿々もいそいそと椅子に腰を掛けて、はにかみながら口を開いた。

「実は昨日、水原愛衣さんを訪ねていってね……」

愛衣の許に向かうことになった経緯も含めて、寿々は昨日一日で起きた怒濤の出来事を話して聞かせた。

「――で、朔也さんに助けてもらったんだけど、その時に『自分の体内エネルギーを集めてぶつけるのは危険なんだ』って言われたの……」

そこまで言って剛士と透の顔を見ると、二人は揃って目を真ん丸にしていた。

「二人とも、変な顔してどうしたの？」

「寿々、ちょいまち。情報量が多すぎやねん」

「同感です。澪人さんの人気が凄まじい話に、大迫先生の話、愛衣さんと初代白王子に朔也さんとのことと、愛衣さんの今の仕事……盛りだくさんすぎます」

　と、二人は額に手を当てている。

「気持ちは分かるけど、とりあえず私が今二人に訊きたいのは、朔也さんからのアドバイスについてなんだけど」

「エネルギーのことやな」

　そう、と寿々は答える。

「除霊は自分のエネルギーを使わずに、神仏のエネルギーを使うのが理想なんだって。それって、どうすれば良いと思う？」

「そうやなぁ……」

　寿々の言葉を受けて、剛士は両手の掌を上に向けて、目を瞑る。すると、剛士の掌に体内エネルギーが集まり、それが球体になったのが分かった。

「これでも十分、霊を祓えるんやけど、朔也さん的には、こういうのんは、あかんてことやろ？」

　剛士はまるでバスケットボールの球を扱うように、自分のエネルギーの固まりを人差し指の先でくるくると回した。

彼は、良からぬものに遭遇した際、この球体を出して叩(たた)きつけて除霊していた。

その姿は数えるほどしか見たことがないが、目の当たりにするたびに空手じゃなくて、球技の道に進めば良かったのにと思わされる。

「朔也さんが言うには、低級霊ならイチコロだろうけど、強い相手だったら、餌を与えてしまうことになるんだって」

「せやけど、寿々が除霊を試みた際、九字を切ったんやろ？　それって神仏のエネルギーを降臨させたことにはならなかったんやろか？」

「ならなかったみたい。自分の中のパワーをぶつけた感覚がしたし」

ふむ、と透が腕を組んだ。

「大祓(おおはらい)の祝詞(のりと)でしたら、神仏のエネルギーを使えるかもしれませんよ？」

ちょっと試してみましょうか、と透は両手を合わせる。

すぅっ、と息を吸い込んでから、吐き出すように大祓の祝詞を唱え始めた。

――高天原爾 神留坐須 皇賀親 神漏岐 神漏美命以知氏 八百萬神等乎 神集閉爾集賜比 神議里爾議賜比氏 我賀 皇御孫命波 豊葦原水穂國乎 安國登 平介久 知食世登
――。

祝詞を唱えることで、大きなエネルギーが透の体を纏(まと)っていった。

「すごい、透。やっぱり大祓の祝詞が最強なんだね」

「俺、覚えられへん」

「うっ、私もまだ暗記できてないけど、がんばる」

透は祝詞を唱えるのをやめて、首を横に振った。

「いえ、駄目でしたよ。たしかに自分のエネルギーが増幅されるのを感じましたが、神仏のエネルギーではないと思います」

透は自分の体に纏うエネルギーに目を向けながら、眉間に皺を寄せる。

「なぁ、寿々。朔也さんは除霊ん時、何を唱えていたんや」

なんだったかな、と寿々は天井を仰ぐ。

「あの時は、混乱してて……でも、九字のように、すごく短い呪文で……。そうだ、アビラウンケンソワカだ」

阿毘羅吽欠蘇婆訶——大日如来への祈りが込められた仏教系の呪文だ。

『阿毘羅吽欠』は、地水火風空、『蘇婆訶』は、成就の意。

つまり『阿毘羅吽欠蘇婆訶』とは、『宇宙の意思に従って、自然に還れ』だと寿々は解釈している。

「簡単やな。それなら、俺にも覚えられる。『阿毘羅吽欠蘇婆訶』！」

と、剛士は右手を振りかざして叫ぶと、即座に掌からエネルギーが発射された。

近くをふわふわと漂っていた精霊たちは、ギョッとして姿を隠す。

剛士が放ったエネルギーは、壁にぶつかって散り散りになって消滅した。

「あ、驚かせてしもた。まさかこんなに強いのが飛び出るて思わへんかって」

剛士はもう見えなくなった精霊たちに向かって、さーせん、と手を合わせる。

「でも、今のも剛士自身のエネルギーだったね」

「呪文の種類の問題ではないのかもですね」

「せやな。澪人さんや朔也さんのんやったら、どないな呪文を唱えようとも、神仏のエネルギーを使うやろうし……」

三人は、揃って、うーん、と頭を捻る。

「ま、こういう時、聞く人は一人やん？」

「そうですね。師に教えを乞うべきかと」

そう言う二人に、寿々は、本当だね、と立ち上がる。

「ちょうど、顔出したいと思っていたの。先生のところに行こう」

寿々自身、近々挨拶に行きたいと思っていたのだ。

「そうと決まったら、善は急げや」

「ええ」

と、剛士と透も腰を上げた。

二

久々に訪れた安倍公生宅は、拍子抜けするくらい以前のままだった。

ぼんやり歩いていると見逃してしまいそうな小さな門、『安倍』という控えめな表札、門の先の細い小径、その先に広がる美しい庭もまったく変わっていなかった。

まるで、ここは外界から切り離された仙人の住まいのようだ。

「相変わらずですね。ここだけ時間が止まっているかのようです」

「ほんまやな」

「あっ、先生だ」

公生は、平屋の縁側で碁を打っていた。

寿々たちの姿を見るなり、満面の笑みで大きく手を振る。

「よう来たなぁ」

「ご無沙汰しています」

寿々、剛士、透は、縁側に向かって歩き出そうとして、足を止めた。

公生の向かい側には、男性が座っていた。

横顔しか見えないが、艶やかな黒髪、頭の形、体のシルエットに覚えがある。

「もしかして、あれ、澪人さんじゃない？」

寿々が小声で言うと、嘘やん、と剛士がすかさず言う。

「強いエネルギーは感じへんなぁ」

「内側に隠しているだけかもしれませんよ」

寿々たちがこそこそと話していると、その男性がこちらを向いた。

顔の大きさや輪郭は澪人と似ていたが、目鼻立ち——特に目だけが違っている。

彼の目は線で引いたように細い。だが、三日月のように優しいカーブを描いているため、冷たい印象はない。

「こんにちは」

と、会釈をした彼に向かって、寿々は声を張り上げた。

「か、賀茂和人さんですね！」

「あ、うん。僕のことを知っているんだ？」

和人は戸惑ったように寿々を見る。

寿々は和人の前まで駆け付けて、前のめりになった。

「はい、それはもう！　あっ、突然すみません、私は一ノ瀬寿々と申します。ここのそろばん塾出身で、それで、その、あの、なんて言いますか、私はチームＯＧＭに憧れているんです」

興奮のあまり空回っている寿々を見て、剛士が、どうどう、と手で制す。

「寿々、興奮しすぎや。和人さん、引いてるやん」

「ええと、僕たちは学徳学園高等部の生徒で、千歳の友達なんです。和人さんを知っているのは、部室にあったアルバムを見せてもらったんですよ」

透がした説明で、和人は納得したようだ。

「そうだったんだ。公生さんの教え子で、OGMに憧れているってことは、みんな、陰陽師（おんみょうじ）なのかな？」

「陰陽師だなんてそんなっ」

「せやせや。ちょっと人より霊能力があるくらいや」

「見習いにもなれていないです」

寿々、剛士、透は、恐縮して手と首を横に振る。

その様子を見て、和人は愉（たの）しげに微笑んだ。

「それじゃあ、『陰陽師の卵』だね」

と、三人はうっとりと頬を赤らめる。

「陰陽師の卵……」

「教え子さんたち、本当に陰陽師に憧れているんですね」

そうみたいやなぁ、と公生はにやにや笑って、頬杖（ほおづえ）をついた。

「寿々に訊かれるままに、京の結界を張り直した話や、東京での話を伝えたら、すっかり憧れてしもて。あんたらＯＧＭの影響やねん。責任取ってや」

責任って、と和人は苦笑する。

「その責任を取るのは公生さんかと……ＯＧＭの話を大きくして伝えたんじゃないですか？」

「ま、否定はできひん。寿々が聞き上手なんや。『ほんでほんで？』て、ぐいぐい来るさかい、ついつい」

やっぱり、と和人は笑う。

寿々は鼻息を荒くしながら、両拳を握った。

「話を大きくしていたとしても、ＯＧＭは素晴らしいですっ」

「ありがとう。そう言ってもらえて嬉しいよ。とはいえ、僕はチームのおまけみたいなものだったんだけどね」

和人は優しい微笑みで言う。

心からの言葉だと感じて、寿々の胸は切なく詰まった。

特別な力を持っていない和人は、愛衣と同様に、自分はそれほど役立っていないと思っているのだ。

「和人さん、握手してもらっていいですか？」

「あ、うん。いいよ」

和人は、スッと右手を差し出す。

寿々はリボンをほどいて、ポケットの中に突っ込むと、両手で和人の手を包むように握った。

和人の手から、温かい『陽』の気が伝わってくる。

そのエネルギーは、霊能力が強い寿々には、とても心地好い。

霊能力は『陰』の力が強い。すると霊能力を使うことで自分の気も『陰』に偏ってしまう。そうすると『陽』の気が翳り、心身のバランスを崩してしまいがちになる。

OGMの能力者たちは除霊に自らの『陰』のエネルギーを使い、和人や愛衣はそんなメンバーたちに『陽』のエネルギーを補給していたのだ。

やっぱりそうだ、と寿々は確信した。

「和人さんは、すごいです」

「えっ、なにが？」

和人は不思議そうに、寿々を見返した。

「和人さんは……愛衣さんもそうでしたけど、『陽』の力がとても強いんです。そういう人が近くにいてくれたから、OGMのメンバーは心身のバランスを崩すことなく、思いきり活動できたんだと思います。おまけなんかじゃないです」

寿々は握った手に力を込める。

「寿々ちゃん……」

思わず、という様子で和人も、残る片手で寿々の手を上から包むようにした。

その時だ。ドサッ、と少し離れたところで何かが落ちる音がした。

顔を向けると、庭の中心に長い髪をハーフアップにした女性が立ち尽くしている。

その足元には、バッグが転がっていた。

彼女は、公生の大姪でOGMメンバーの一人、安倍由里子だ。

「おー、由里子、久しぶりやな」

「由里子さん、待ってたよ」

和人は寿々の手を握ったまま、にこやかに言う。

呆然とこちらを見ていた由里子だったが、やがて目に涙を浮かべはじめ、顔を真っ赤にしながら叫んだ。

「変だと思っていたのよ！」

えっ、と一同は目を瞬かせる。

「和人さんが、今日、伯父様のところで会いたいなんて言い出すんですもの。なんだろうと思っていたら、まさか、伯父様の教え子と浮気していたなんて！」

由里子の内側から怒りのエネルギーが湧き上がり、体を包んでいった。

「たしかに私はずっと国家試験の勉強ばかりで、和人さんと会えずにいたし、会えても動物の話ばかりしていたし、そんな私が嫌になって、他に好きな子ができても仕方ないと思う。けど、伯父様の教え子を好きになったからって、伯父様を抱き込んで、そんな場面を私に見せるなんて、そのやり方はひどすぎる」

和人はすぐさま寿々の手を離して、立ち上がる。

「いや、由里子さんの妄想の方がひどすぎるよ」

「もう、信じられない。和人さんも伯父様も最低っ！」

と、由里子が声を張り上げた時、凄まじいエネルギー波が放たれた。

寿々、剛士、透は、思わず両手で頭を抱えて、身を縮ませる。

痛みを覚悟したが、そのエネルギーはこつぜんと消え失せた。

不思議に思って顔を上げると、公生が掌を前にかざしていた。

「あっ、先生がバリアを張ってくれたんですね？」

良かった、と寿々が胸の前で手を組むと、公生は首を横に振った。

「バリアとちゃうで。こっちもエネルギーを出して相殺したんや」

ええっ、と寿々は目を剝く。

「それって、先生があのエネルギーと同等のものを出したってことですよね？　全然、そんな感じしなかったんですが！」

「それより、今は家の中に入ろか。私らはお邪魔虫や」

「お邪魔虫？」

どういうことだろう、と庭に目を向け、理解した。

和人が、由里子を抱き締めていたのだ。

寿々たちは大きく納得し、いそいそと家の中に入る支度をしながら、ちらりと横目で二人を見る。

由里子は、腕の中でジタバタと暴れていた。

「放して！　他に好きな子ができたんでしょう？　分かってたのよ。和人さんは今や人気の若手医師。優しくて人当たりが良くて知的だからすごくモテるし、私みたいな、面白味がなくて可愛げがない女は、振られるのも時間の問題だって……」

和人は肩を震わせて、小刻みに笑っている。

「どうして笑ってるの？　私がそんなに滑稽？」

ごめん、と和人は嬉しそうに、由里子の額に自分の額を合わせる。

「もう、由里子さん、可愛すぎて反則」

その言葉に偽りはないのが、寿々にしっかり伝わってくる。

それはもちろん、由里子にとっても同じだったようで、戸惑ったように瞳を揺らしていた。

「他愛もない誤解だよ。僕が好きなのは、由里子さんただ一人だよ。夢に向かって、一生懸命な姿も、動物について熱く語る姿も、ぜんぶ大好き」

そう言って和人は、由里子の頬を優しく撫でる。

由里子の顔がみるみる真っ赤になっていった。恥ずかしくなったのか、涙を見られたくなかったのか、和人の胸に顔をうずめていた。

本当に可愛い人だ。

寿々は頬を緩ませながら、公生らと共に縁側から家の中へと入った。

三

「和人君が、うちに来てくれたんは、私が寂しがっていたから気を遣ってくれたんや」

騒動から十分も経たずに、由里子の気持ちは落ち着いていた。

和人と共に気恥ずかしそうに客間に顔を出し、「お騒がせして、ごめんなさい」と、皆に向かって頭を下げた。その後、公生が先の言葉を告げたのである。

「それと、僕自身、公生さんに訊きたいことがあって」

と、和人が続けた。

「訊きたいことって？」

「澪人が言うには、また京の町で霊障が増えているみたいなんだ」

和人は由里子にそう言って、公生へ視線を移した。

「霊障が増えた原因を『組織』は、『景気の悪化』が原因だと考えているそうなんです。それについて澪人は納得しつつも完全には腑に落ちてはいないみたいで……それで、公生さんの見解をお聞きできたらと……」

澪人に頼まれたわけではないんですけど、と和人ははにかんだ。

公生は、ふむ、と腕を組む。

寿々は、和人の話を聞きながら、『忙しい』と言っていた朔也の姿を思い浮かべる。

『組織』は常々忙しいところなんだ、と寿々は思い込んでいたのだが、そうではなく、霊障が増えたからこそなのかもしれない。

それにしても、なぜ、景気の悪化が霊障につながるのだろう？

その前に京には強固な結界が張られているではないか……、と寿々は訊きたいことが色々あった。

今訊いて良いものだろうか？　と寿々が様子を窺っている横で、

「先生……」

と、透が控えめに挙手をした。

「なんや、透」

「数年前、OGMメンバーが綻びかけていた京の結界を張り直したという話ですが、霊障が増えているのは、もしかして結界が脆くなっているのでしょうか？」

それは寿々が訊きたかったことであり、ナイス透、と控えめに親指を立てた。

透は微かに肩をすくめる。その様子から透は、寿々がもじもじしているのを見て、気を利かせてくれたのだと気付いた。

相変わらず、透の気遣いはきめ細かく行き届いている。

「京の結界は強固なままや。そやけど、あれは、魔界の出入口を塞ぐもので、結界の中で『魔』が発生してしもたら、どうしようもあらへん」

小さな『魔』は、どこにでもある。

「部屋を綺麗にして鍵を掛けておいても、埃が溜まるのと同じやねん。不安や不満や嫉妬や怒りに小さな魔が付着して、大きくなっていくんや」

寿々は納得して、首を縦に振った。

つまり、『景気の悪化』が霊障を引き起こすというのは、人の心が負のエネルギーに囚われてしまうからだろう。それは、元々あった小さな『魔』の食料となる。

寿々は、大樹の陰に潜んでいた黒い悪霊の姿を思い出した。

あれも最初は埃のように小さな『魔』だったのかもしれない。それが人々の『負』を呑み込んで、化け物になっていったのだ。

「同じ貧しいのんも、戦後のようにみんなが一斉に貧しかったら、負のエネルギーは生まれへん。みんなで一丸となって前へ進もうてポジティブなエネルギーが生まれるもんや。そやけど今みたいに景気が悪化して、貧富の差が大きくなってしもたら、自分を卑下したり、他人を羨んだりしてしまう。負のエネルギーが充満すると波動が低くなる。そうするとさらに良いことが起こらへん。悪循環やな」

公生は小さく息をつき、和人を見た。

「そやから、霊障が増えたんは、『組織』の見解通りやと思う。そやけど、澪人君が言うように、腑に落ちひんのもちょっと分かる。私も違和感があるんや」

「伯父様、それはどういう違和感？」

と、由里子が真剣な表情で訊ねた。

「なんていうんやろ、霊障が増えていくスピードが少し速い気がする。そやけど、今の時代、なんでも速うなってるし、なんとも言えへん」

「そうですか……」

と、和人と由里子が相槌をうつ。

すると、これまで黙り込んでいた剛士が大きく息をついた。

「なんや、気楽な気持ちで先生に会いにきたら、こないな話になるて思わへんかった。ほんま、千歳も来たら良かったのに」

「本当ですね」

と、透が同意する。

久々に公生宅を訪れようとなったので、千歳も誘ったのだが、『今日はやめとく』という素っ気ない言葉が返ってきただけだった。

「そうだ、君たちは千歳君の友達だったんだよね。千歳君は元気？」

「もう、ずっと会ってないわね」

和人と由里子が、懐かしそうに訊ねる。

「はい、元気です」

と、寿々が答えるも、透は苦笑した。

「元気ではあるんですが、最近、様子が変なんです」

千歳とクラスメイトなのは、透だけだ。必然的に千歳と接する機会が多い。

寿々は弾かれたように透の方を向いた。

「変って、どんなふうに？」

「話しかけても、上の空でいることが多いんですよ」

剛士が、せやけど、と腕を組んだ。

「千歳が上の空って、割といつものことやん？」

そうなのだ。

千歳は何かを考えて、遠くを見るような目をしていることが多い。

側にいても、ここにいないような不思議な感覚になることがあった。

「それだけじゃなくて、思い悩んだ様子でため息もよくついていて」

寿々と剛士は、思わず顔を見合わせる。

千歳は常に飄々（ひょうひょう）としている。呆（あき）れたように息を吐き出すことはよくあるが、思い悩んでため息をつく姿など見たことがない。

「高等部に進学したことで、ＯＧＭのことを思い出しているんやろか……」

剛士がそう洩（も）らすと、うん、と和人がうなずいた。

「僕もそうだと思うな」

「えっ？」

「千歳君も高等部に進学して、かつてのことに想いを馳（は）せているんじゃないかな」

まさか和人からそんな回答を得られると思っていなかったため、寿々は驚きを隠せなかった。

「えっ、和人さんは、何かご存じなんですか？」

「何か、って？」

「千歳がＯＧＭから離れてしまった理由です！　やっぱり千歳は小春さんと澪人さんがお別れしてしまったことで胸を痛めているんでしょうか？　それとも千歳とＯＧＭ

の間に、やんごとなき確執があったとか」

「お別れって……」

「やんごとなき確執……」

和人と由里子が目を丸くした。

「朔也さんにお話を伺ったら、『俺たち他人が何か言えるわけじゃないんだ。でも、今度の土曜日の午後イチ、祇園の「さくら庵」に行ってみるといいよ』としか言ってくれなくて……」

一気に捲し立てた寿々を前に、一同は黙り込んだ。

和人、由里子、公生は、顔を見合わせている。

少しの沈黙の後、最初に口を開いたのは、公生だった。

「そやな。朔也君の言う通りにしたらええんとちゃう?」

「そう、だね。土曜日の午後に行くといいよ」

「私もそう思うわ」

口を揃えて同じことを言う三人を前に、寿々は、「そうですか」と下唇を嚙んだ。

少し可哀相になったのか、和人が人差し指を立てた。

「一つだけ伝えるね」

「は、はい」

「千歳君が、ＯＧＭから離れたのは、ＯＧＭと問題があったわけじゃなくて、澪人に腹を立てているんだ」

「澪人さんに……？」

「言えるのはここまで。あとは朔也君の言う通り、土曜日に『さくら庵』に行ってみるといいよ」

はぁ、と寿々は釈然としないまま相槌をうつ。

「なんや、寿々は私に会いたかったんやなくて、そのことを知りたくて、ここに来たんやな？」

公生は少し残念そうに言う。

いえっ、と寿々は首を横に振った。

「それも少しありましたけど、それだけじゃないんです。先生にお会いしたかったです し、『力』のことでお聞きしたいこともあって……」

寿々は朔也から聞いたこと――『自分の体内エネルギーを集めてぶつけるのは危険』と言われ、『今は神仏の力をダウンロードして放つようにしている』と言っていたこと等々を伝えた。

「先生も、自分のエネルギーを放つのは危険だと思いますか？」

寿々の問いに、公生は当たり前のように首を縦に振る。

「まぁそやな。朔也君が言うてたように、体内エネルギーで低級なものは蹴散らせるやろうけど、強大なものを相手取った時は、相手に自分のエネルギーを明け渡してしまうことになるんや」

寿々は黙って、公生の話に聞き入る。

「さっき、庭で由里子が放ったのも感情の爆発から出た自分の体内エネルギーやな」

その言葉に由里子の頬がほんのり赤くなった。

「人間が放つエネルギーなんて、たかが知れてるさかい、ほんの少し森羅万象のエネルギーをお借りするだけで相殺できるわけや」

そういうことだったんだ、と寿々は納得しつつも、小首を傾げた。

「そんなにも違うものですか？」

「天地ほどちゃう。人間が出すエネルギーは譬えれば、一生懸命自転車を漕いで自家発電するようなもんや。そないなもん太陽のパワーと比べたら塵みたいなもんやろ」

たしかに、と寿々は頬を引きつらせた。

「でも、神仏のエネルギーを借りるって、どうやれば良いんですか？」

「簡単や。『神仏のエネルギーをお借りする』って決めるだけやねん」

公生がさらりと言うと、寿々、透、剛士は、いやいや、と口を揃える。

「そんな簡単なものではないかと」

「そうです。僕たち、学校で試したんですから」

「神仏のエネルギー、借りる気満々やったのに、借りられへんかったんです」

前のめりになって言う三人を前に、公生は愉しげに笑った。

「借りるつもりでいて、ちゃんとできてへんのや。そもそも、神仏のエネルギーの前に森羅万象のエネルギーとつながらなあかん」

それもいまいち理解できず、寿々たちは眉間に皺を寄せた。

「『森羅万象のエネルギー』と『神仏のエネルギー』は、別ものですか？」

「大雑把に言うたら同じようなもんや。森羅万象のエネルギーの中に、神仏のエネルギーがある。『宇宙』が森羅万象のエネルギーやとしたら、そこからさらに『土星』や『木星』のパワーを加えたんが神仏のエネルギーや」

はぁ、と寿々は相槌をうつ。

「これは、私ら霊能力者に限ったことやあらへんで。そもそも誰しも人は一人一人、森羅万象のエネルギーとつながってるんや。そうやな……」

と、公生は、掌を大きく開いて皆に見せた。

「私ら一人一人はこの手で言うところの『指』やねん。で、『掌』が森羅万象や。指は一本一本独立しているようでいて、根っこは掌とつながってるやろ？　根本でつながっているから、遠く離れた場所でも同じペースで文化が進んできたんや」

つまり集団意識ですね、と透が言う。

「そう。森羅万象は、宇宙であり、エネルギーの『源』や。ここには、大いなる力と知恵が無限に渦巻いている。そやけど人間は、『自分は一本の指や、大きなことはなんにもできひん』と思い込んでいるんや。それは、自ら、『源』へとつながる扉を閉じてしまうてことやねん」

そやから、と公生は話を続ける。

「まずは、自分が『源』とつながっているのを信じることや。これは私ら霊能力者だけの話やあらへんで。一人一人、自分が『源』とつながっていると信じることで、大いなる恩恵を受けられるんや。寿々たちの場合で言うと信じひんままに大いなるエネルギーを出したいて力んでも、出てくるのは自分のカスカスのエネルギーだけや」

「私たち一人一人は指で、掌が『森羅万象』……」

寿々は話を聞きながら、自分の掌に目を落とした。

「……森羅万象は、信じていない者を拒否するんですか？」

言っていることは分からないでもないが、どうにもしっくりこない。

いいや、と公生、和人、由里子が揃って首を振る。

「拒否するのは、いつだって自分なんだって」

と言ったのは和人だ。

すぐに公生が、そうやねん、とうなずく。

「森羅万象はいつでも大いなる力を差し出す準備をしているのに、人がそれを受け取らへんのや」

黙って話を聞いていた由里子は、ばつが悪そうに頬を掻いた。

「そういうの頭では分かったつもりでいながら、ついつい、つながってるのを忘れて、『自分一人で何ができるんだろう』って気持ちになっちゃうのよね」

ちなみに、と由里子は続けた。

「私の場合は、掌というより、頭の先が『天』につながっていて、必要な時にエネルギーを降ろせるってイメージの方が近いかしら」

「ま、それは、人それぞれのイメージやな。私の場合は、自分のみぞおちの奥がつながっているて思うてるし」

と、公生が言い、そっか、と寿々は顎に指を当てる。

「自分がしっくりくるイメージでいいわけなんですね……」

自分はどうだろう？

寿々がしばし考え込んでいると、

「寿々、お茶の用意ができたで」

とんっ、と公生が、寿々の背中を優しく叩く。

テーブルに目を向けると、茶菓子の用意がされていた。

桜色の丸い餅が皿の上に載っていた。餅の下には葉が敷いてある。

わぁ、と寿々は目を輝かせた。

「これは、『さくら庵』の桜餅ですよね？」

そうや、と公生はなぜか得意げにうなずく。

「久しぶりだから嬉しいなぁ」

「僕もです。気が付くと桜餅の季節が過ぎていますしね」

「ほんまや」

いただきます、と皆で手を合わせ、寿々は、桜餅を口に運ぶ。

『さくら庵』の桜餅は、濃厚なこし餡の中に甘酸っぱい苺が入っているのだ。

桜餅は、昔食べたものとは色が違っていた。

以前は、桜色の一色だけだったのだが、今は左右で紅白に色分けされている。

「いつの間にか二色になったんですね？」

それに対しては、和人が答えた。

「春はお祝い事が多いから、期間限定で『紅白桜餅』を作ってるんだって」

「そっか、入学とか新しいことが始まるシーズンですもんね」

と、寿々は納得して、桜餅を口に運ぶ。

すぐに桜餅の上品な甘さと、甘酸っぱい苺の味が広がった。

「この、桜餅に苺の組み合わせがたまらないんですよね」

「そうそう、これです」

「ほんまやねん」

寿々と透と剛士は美味（おい）しさにギュッと目を瞑（つむ）って言う。

由里子も桜餅を食べながら、そういえば、と苺に目を落とした。

「宗次朗さんは、『うちのは秘密入り』って言い方していたわよね」

「知らずに食べた人は、みんな驚くからね」

と、和人が答える。

「私も初めて食べた時は、驚きました」

宗次朗の桜餅は、一見しただけでは、苺の存在は分からない。

それはまるで、世の中の理（ことわり）のようだ。

外側を見ただけでは、真相に辿（たど）り着けない。

自分も早く、真実を知りたい。

寿々はしみじみとそんなことを思いながら、桜餅を頬張っていた。

四

翌日、授業が終わるなり寿々は、当たり前のように中庭の塔へと向かった。

鍵(かぎ)は朝のうちに既に借りてある。

透は塾であり、剛士は部活だ。

二人は申し訳なさそうにしていたけれど、寿々としては一人で練習に励みたいと思っていたので、ちょうど良く感じていた。

寿々は部室に足を踏み入れると同時に、髪を結んでいたリボンを外す。

髪が自由になるのと同時に、塔の中にいる精霊たちの存在をキャッチできるようになる。

「こんにちは、今日も使わせてもらいます」

と、挨拶(あいさつ)をすると、精霊たちが温かく迎えてくれているのが伝わってきた。

寿々は嬉しさを感じながら、部室をぐるりと見回す。

大きな窓から西日が射しこんでいた。

太陽が西へ傾き、空は茜色(あかねいろ)に染まっている。

寿々は窓際に立って、空を見上げた。

「綺麗……」

幼い頃、そろばん塾の帰り道、寿々はいつもこうして夕焼け空を見上げながら歩いたものだ。

小学生の頃、隣にはいつも千歳と透がいた。二人は近所で、剛士だけが大阪だ。

そのため、剛士がそろばん塾に来るのは週末のみだった。

当時、学校の友達とも馴染めなかった寿々は、基本的に、千歳と透と過ごすことが多かった。時には三人でリコーダーの練習をしながら帰ったこともある。

今にして思えば、ピープーと笛を吹き鳴らして歩いていたのだから、近所迷惑だっただろうが、大人たちは温かい目で見守ってくれていた。

夕方、寺の鐘が鳴り、夜になると火の用心、と拍子木を打つ音が響くのだ。

そうした場面に遭遇すると、千歳はいつも少し可笑しそうに笑った。

『ほんと、京都って、一昔前の日本だよね』

同感ですね、と透がうなずく。

二人は関東からやってきて、寿々だけが地元の人間だ。

『東京はそんなに違うの？』

『京都から東京に行ったら、近未来にタイムスリップしたのかなってくらい違うよ』

『そうなんだ！』

寿々の目には二人が眩しく、都会的でかっこよく感じた。

『千歳は、東京に帰りたいって思ったことある？』

そう問うと、千歳は遠くを見るような目で、ううん、と答えた。

『東京はもういいかな』

『都会の人は冷たい？』

寿々がそう訊くと、千歳は笑う。

『それ、京都の人が言う？』

京都＝いけずが全国的に認知されているが、寿々はこれが不満だった。

たしかに時々、意地悪な物言いをすることがあるが、それは、いわば少しピリッとした関西特有の『突っ込み』であることも多い。

京都の人は情に厚く、人の縁を大切にしている。

いけずを言っても、冷たくはないのだ。

そのことを伝えると、千歳は納得してくれた。

『東京で出会った人たちは、親切だったよ。みんな、優しくて良くしてくれた』

そう話す千歳の心が伝わってくる。

親切で優しくて良くしてくれたけれど、千歳は、自分が常に憐みの目を向けられていたと感じていたようだ。

『東京の裕福な家の子って、本当にお金持ちなんだよね。そういうところの子って、意地悪なイメージがあったりしたんだけど、そんなことはなくて、みんな大切に育てられて、ちゃんとした教育を受けた立派な子たちが多かった。だから、こんな奇妙な外見をした僕みたいな子にも少しも偏見をぶつけることなく良くしてくれたよ。できた人間って、偏見を持たないいんじゃなく、持っている偏見を表に出さずに、ちゃんと接してくれる人のことを言うんだと思った』

すべてに恵まれた子たちに囲まれて、千歳は惨めで居たたまれなかったのだろう。

気持ちは分かる。

しかし寿々は、不思議でもあった。

『僕みたいな子って、どうして、そんな風に言うの？』

その後に続けた言葉に、千歳は少し驚いたような顔をして、目をそらした。

『寿々のばーか。よくそんな恥ずかしいことが言えるよね』

千歳はほんのり頬を赤らめながらそう言った。

――思えばあの時、自分はなんて言ったのだろう？

寿々は過去を振り返り、うーん、と首を捻る。

覚えていないというのは、自分が特別なことを言ったわけでもないからだろう。

「それより、練習だ」

寿々は部室の中心に立ち、壁の方を向いた。

「今から、エネルギーを出す練習をするので、壁際にいる方は離れてくださいね」

と、寿々は精霊に呼びかける。

今日、部室に来たのは、自分の体内エネルギーではなく、森羅万象のエネルギーを使う練習をしたかったからだ。

自分の部屋でもできるが、ここでした方がOGMの活動っぽいではないか。

寿々は自分の手に目を落とす。

指が掌につながっているように、自分も森羅万象とつながっている。

だから、いつでもその力を借りられるのだ。

自分にそう言い聞かせて、うん、とうなずき、二本指を立てた。

「臨・兵・闘、者――」

と、袈裟懸けに九字を切っていく。

「皆・陣・列・在・前ッ！」

最後に、縦に一刀両断した。

エネルギーが放出されたが、これは寿々の体内から生まれたもの。

森羅万象のエネルギーではなかった。

「ちゃんと、つながってるって自覚したんだけどなぁ……」

——上っ面だけ分かった振りをしても駄目だよ。

どこからか声がして、寿々は目をパチリと見開く。

「えっ、誰？」

周囲を見回すと、ソファーの陰から白いもふもふがひょっこりと顔を出した。

くりくりとした瞳と、ふさふさと揺れる五本の太い尾が愛らしい。

「コウメちゃん！」

コウメは、呼びかけに応えるように、ぺこりと頭を下げる。

「もしかして、ここに棲んでいるの？」

コウメは首を横に振る。

次の瞬間、寿々の脳裏に、ふわっと辰巳稲荷（辰巳大明神）の小さな社が頭に浮かんだ。コウメは普段、そこにいるようだ。

「そっか、辰巳稲荷さんにいるんだ。私はてっきり、コウメちゃんは小春さんと一緒にいるんだと思ってたんだよね……」

寿々は、コウメの事情も聞いていた。

コウメはかつて管狐だった。それが、小春との出会いを経て、狐神になり、小春をいたく慕っているという話だった。

寿々の独り言に対して、コウメは何も言わない。

黒々とした瞳を光らせただけだった。

「あ、エネルギーのこと、アドバイスしてくれたのはコウメちゃんなんだよね？」

うん、とコウメは首を縦に振る。

「上っ面だけ分かった振りをしても駄目かぁ……」

――きっと、これまで、知らず知らずのうちに使えていることがあったと思うよ。

と、再びコウメの言葉が寿々の胸に届いた。

「そうなのかな……」

そういえば、と寿々は腕を組む。

寿々は、幼い頃、公生に教わったことがある。

悪しき気を撥ねつけたいと思った時は、自分の胸の中心で、独楽が回っているのをイメージすると良いと……。

そうすると、自分の周りに小さなつむじ風が起こり、良からぬものを弾き飛ばしてくれた。

その時、内側で起こったことは、外側に反映されると学んだ。

そう、自分の中〔ミクロ〕と宇宙〔マクロ〕は呼応している。

由里子は頭が天とつながっている、公生はみぞおちの奥が自分の内側とつながるイメージだと言っていた。

自分の場合も公生と一緒だ。

自分の内側、奥の奥に『源』があり、胸の扉を開くことで、自分はいつでもその力を借りることができる。

その扉の開け方は――、

寿々は、すぅっ、と息を吸い込み、胸の中心で独楽が回っているのをイメージした。

自分の周りに旋風が巻き起こる。

ここまでは、いつも通りだ。自分の体内エネルギーを高めているに過ぎない。

独楽が回った風の勢いで胸の内側にある扉が開き、そこから森羅万象のエネルギーが泉のように湧き上がるのを思い浮かべる。

寿々の周りに円陣ができて、とても大きなエネルギーがらせん状になって天へと昇っていく。

体が熱いのに心地好く、高揚しているのに頭は冷静で、ここまでの強いエネルギーを出しながら、自分の力は消耗していない。

「出た……これが森羅万象のエネルギー……」

ぱちぱち、とコウメが拍手をしている。

「けど、これって、悪霊を前にした時も落ち着いてできるかな？　パニックになって、また体内エネルギーをぶつけてしまいそう」

――そのために、呪文があるんだよ。

なるほど、と寿々は手をうつ。

呪文は、気持ちを落ち着けるためのものでもあったのだ。

公生は、森羅万象のエネルギーが海だとするなら、神仏のエネルギーはシャチやクジラだと言っていた。今、出ているのは森羅万象のエネルギーのみだろう。

「神仏のエネルギーとつながるのは、どうやって？」

――その身に神仏を降臨させるには、修行が必要。

「あ、そうなんだ……」

修行ってどうやって？

と、問いかけようとした時には、コウメの姿はなくなっていた。

「う……、話には聞いていたけど、本当に気まぐれなんだ……」

その時、廊下から足音がして、部室の扉が勢いよく開いた。

驚いて顔を向けると、そこには息を切らした千歳の姿があった。

「えっ、千歳……？」

千歳は、寿々の姿を見るなり、脱力したような笑みを浮かべる。

「寿々だったんだ。今まで感じたことがないエネルギーだったから……」

千歳は肩で息をしながら言う。

どうやら、ここまで全力で走ってきたようだ。

千歳はいつも冷静で飄々としている。どこか冷めた風でもあり、こんな風に懸命になるのは珍しい。

あまり見たことがない姿に、寿々は少なからず動揺した。

「えっ、もしかして、妖でも出たと思った？」

「まさか。……誰だろうって思っただけ」

ばつが悪そうに言って、千歳は目をそらす。

千歳は、自らが持つ大きな力を内側に閉じ込めている。

そのため、寿々にも千歳の心を感知できない。

それでも千歳の様子から、伝わってくるものはある。

彼は何かを期待して、ここに来たのだ。

──もしかして、小春さんが来たと思った？

そう訊ねようとして、寿々は口を噤む。

こんなことを訊いても千歳は正直に答えないだろうし、そのままここを出て行ってしまうだろう。

千歳が小春を心から慕っていたのは、寿々も知っている。

おそらく、きょうだいのいない千歳にとって、姉のような存在だったのだろう。

そんな小春が澪人に傷付けられた——としたら、千歳の怒りは十分理解できる。

驚いた、と千歳が洩らした言葉に、俯きかけていた寿々は顔を上げる。

「いつの間にそんなエネルギーを出せるようになったの？」

千歳は椅子に腰を下ろして、少し感心したように寿々を見た。もう落ち着きを取り戻していて、いつもの様子だ。

久しぶりに自分をしっかり見て、話しかけてくれた気がした。

寿々は嬉しさを感じながら、答える。

「今、初めて出せたの」

えっ、と千歳は目を瞬かせる。

「昨日、先生のところで、色々お話を聞いてね……」

そこまで話すと、千歳は思い出したように大きく首を縦に振った。

「そういえば、昨日行くって言ってたよね。先生、元気だった？」

「うん、相変わらずだったよ」

そっか、と千歳は洩らす。

「由里子さんと和人さんもいてね」

ＯＧＭの話をしたら千歳は何か反応を示すかと思ったけれど特に何もなく、ふぅん、と相槌をうっただけだ。

「それで、エネルギー云々の話になったわけだ。寿々は本気でＯＧＭ活動をしようと思ってるんだ？」

千歳は、少し意外そうに言う。

その反応は寿々の方こそ、意外に感じた。

「うん、そのつもり。千歳だって、私がＯＧＭに憧れていたの知ってたよね？」

「知ってたけど、憧れどまりかと思ってた」

「どうして？」

「だって、寿々が除霊をするには、リボンを外さなきゃならないよね。そうすると、霊障に当てられて立ってられないくらいに気持ち悪くなる。除霊する余裕なんてなくなるんじゃないかなって」

痛いところを突かれた、と寿々は頬を引きつらせる。

そうなのだ。寿々がこれまで除霊をしたことがなかった理由がまさにそれだった。

感知する力が強すぎて、気持ち悪くなり、蹲ってしまう。

部屋で勉強をしている合間に祝詞を暗唱したり、九字を切ったりして、きたるべき実践に備えながらも、いざ強い悪霊の存在を感知すると気持ち悪さの方が勝ってしまい、『もっと強くなってから』と避けてしまっていた。

ＯＧＭに憧れながら情けない話だ。だが、こんな自分だからこそ、悪しきものに立ち向かえるＯＧＭに憧れたのもある。

「しんどそうな姿を見てきたからさ、わざわざ好んでつらい思いをしにいくとは考えなかったよ」

寿々は、そうだね、とはにかんで、千歳を見る。

「霊障のある場所に行くと、すごく気持ち悪くなる。だけど、それは、『苦しさ』に近いものがあって、きっと留まっている霊たちが抱えてるものなんだと思った。除霊って、その場所を清めたり、人を救うだけじゃなくて……」

話しながら、山の中にいた黒い塊となった妖の姿が頭を過る。

朔也に除霊されて、断末魔の叫びを上げながらも伝わってきた感情は『解放感』だった。

その地に縛られ続け、力を蓄えて膨れ上がっていた悪霊は、消える瞬間、ようやく離れられると喜んでいた。

除霊は、人や場所を救うだけではないのを、寿々はあの時肌で感じた。

「——きっと、霊を救うことにもなってると思うんだ」

だから、と寿々は、拳を握り締める。

「私は、まだまだだけど、もっと自分の力をコントロールできるようになって、除霊ができるようになりたい。やっぱり、ＯＧＭみたいになりたいって思う」

瞳をそらさずに言い切ると、千歳は一瞬黙り込んだ。一拍置いて、半ば呆れつつも感心したような表情を見せる。

「寿々は、ほんと相変わらず、イノ……、真っすぐだね」

「イノシシみたいだって言いかけたでしょう」

バレた？　と千歳はいたずらっぽく笑う。

「その真っすぐさはいつも羨ましいんだけど、何かに傾倒しすぎるって、危険と背中合わせでもあるよね」

「妄信してるように見える？」

と、寿々は身を縮ませる。

「ＯＧＭに関することはね。彼らはたしかに素晴らしい働きをしたと思うけど、皆、僕らと同じようなものだよ。神様でもなんでもない霊能力が強いだけの普通の人間」

そんなことは分かってる、と言おうとして、寿々は口を噤んだ。

千歳が遠くを見るような目をしていたからだ。

寿々は何も言えなくなって、部室に沈黙が訪れる。

だが、その刹那、寿々と千歳は同時に顔を上げた。

強いエネルギーが、ここに向かってきているのを感知したためだ。

それが誰なのか、姿が見えなくても分かる。

——賀茂澪人が、ここに向かっている。

「……寿々が、あんなエネルギー出したから、きっと様子を見に来たんだ」

千歳は、やれやれ、と前髪をかき上げて、腰を上げる。

今にも帰りそうな様子に、寿々は咄嗟に口を開いた。

「あのね、ここでアルバムを見たんだけど、千歳は昔ＯＧＭのメンバーととても親しくしていたんだね？」

千歳は弱ったように、目をそらした。

「まぁ……京都に引っ越してきた頃、世話になったんだ」

「あそこまで親しいって、知らなかったからビックリした。あえて黙ってたの？」

まあね、と千歳はあっさり認める。

「いつの間にか、寿々はＯＧＭの信者みたいになってたから、言ったら、質問攻めに遭いそうだから言わないことにしてた」

そっか、と寿々は苦笑する。

「疎遠になったのは、どうして？」

「別に疎遠ってこともないよ。たまたまのことで。でも……」

「でも？」

「今から来る人のことは、嫌い」

「え……」

千歳が嫌いだと言う彼は、もう既に塔の中に入っただろう。

それなのに、足音が聞こえてこないのだから、まさに神様でもやってきているような不思議な感覚だ。

やがて大きなエネルギーを持つ人が、扉の前に立ったのが分かる。

千歳が小さく息をついたその時、部室の扉が開き、澪人の姿が顕わになった。

「！」

分かっていたことでも、寿々は驚いて言葉を失った。

間近で見た澪人は、写真で見た姿とほとんど変わりはない。

漆黒の艶髪、磁器のように白い肌、小さな顔の中には整った目鼻が配置されている、恐ろしいほどの美青年だ。

だが、写真で見るのと、こうして実物を前にするのは、迫力が違う。その美貌と相俟って、強いエネルギーに気圧される。

扉を開けた時は少し驚きの表情をしていた澪人だが、寿々の顔を見るなり、そっと口角を上げた。

「この前の子やったんや。驚いた、そういうエネルギーも出せるんやね」

ここは、二代目を襲名する者として、ちゃんと挨拶したい。

そう思ったのだが、

「はい、あの、私、一ノ瀬寿々と申しまして、安倍公生先生の、あの前に、その」

寿々は動揺のあまり、頭が真っ白になり、ちゃんと言葉が出ない。

澪人はきっと呆れているだろう。だが、こうして近くにいても彼の感情が伝わってこない。

千歳と同じで、彼もバリアを張っているのだろう。

その代わり、彼の体から、ふわりと梅花の薫りが漂ってくる。

あまりの色香に、寿々は思わずくらりと眩暈がして、腰が抜けてしゃがみ込みそうになるのをこらえた。

ああ、と澪人は、納得した様子を見せる。

「公生さんのところの子やったんやね。千歳くんも一緒やし、もしかして、昔庭で会うた子やろか」

寿々は何も答えられないまま、首を大きく縦に振る。

「公生さんは、元気にしたはりますか？」

寿々はまた、首を縦に振る。

「千歳くん、久しぶりやね」

穏やかな口調で澪人が言うと、千歳は、「そうですね」と素っ気なく答える。

「ちょっと見ぃひん間に大きなって。背かて、もうすぐ追い越されそうな勢いやな」

「あのさ、いつまでも子ども扱いしないでくれる？」

千歳は澪人を嫌いだと言っていた。

たしかにツンケンしている。

しかし、こうして見ていると、本気で嫌っているようには思えない。

澪人もそんな千歳を前に、微笑ましそうな目を向けている。

この雰囲気は、優しい兄と反抗期の弟のようだ。

「……一度、ゆっくり千歳くんとも話したかったんや」

澪人の言葉を受けて、千歳は白い肌をほんのり赤くさせて、顔を背けた。

「別に僕は話したくないから。謝罪の言葉だったら聞きたくないし」

「謝罪て……」

と、澪人は弱ったように眉を下げる。

「なに？　僕は謝る必要もない、取るに足らない存在だってこと？　まあ、元々僕は関係ない、部外者だしね」

「そうは言わへん」

こんな駄々っ子のようになっている千歳の姿を見るのは、初めてだった。

驚いた、と寿々は息を呑む。

本当に、二人の間に何かがあったようだ。

内容を聞く限り、やはり澪人と小春は別れてしまったのかもしれない。

それはきっと当人にしか分からない事情があり、どちらが悪いという話ではないのだろう。

それでも千歳としては許せない気持ちが残っている。そう考えるのが自然だ。

寿々は二人の様子を見ながらそう思う。

澪人の方を見ると、視線が合った。

にこりと微笑まれて、寿々の頬が瞬時に熱くなる。

「寿々、こんな人の側にいたら、毒気にやられるよ。もう帰ろう」

と、千歳は勢いよく立ち上がった。

「毒気て、宗次朗さんみたいなことを言うし」

千歳は、そんな澪人を無視して、部室を出ていく。

「えっ、千歳、待って！　戸締りしないと」

慌てふためく寿々に、澪人が、ええよ、と手を差し出した。

「ああ、寿々ちゃん、せっかくやし僕はもう少しここにいよう思うから、鍵なら僕が預かるし」

「すみません、ありがとうございます」

と、寿々は、鍵を手渡して、澪人を見上げた。

千歳に気を取られているお陰で、澪人に対しての緊張感が薄まっている。

今なら、ちゃんと話せそうだ。

「あの、澪人さん、今日はお会いできて嬉しかったです。今度、ゆっくりお話しさせてください。良いですか？」

「もちろんや」

微笑まれて、寿々はまた倒れそうになり、なんとか持ちこたえた。

千歳が『毒気』と言ったのも、うなずける。

あらためて寿々はお辞儀をし、千歳の後を追う。

千歳の隣に追いついた時、背中に澪人の声が届いた。

「千歳くん、僕は謝らへん」

千歳は足を止めたが、振り返らない。

「それは、あなたが取るに足らへんとか、関係ない人間だからやない。僕は僕で全力を尽くしたまでの話や」

千歳は何か言いかけたが口を閉ざし、そのまま足早に歩き出す。

寿々は聞きたいことが山ほどありながらも、悔しそうな千歳の表情を前に、何も口にできなかった。それこそ、寿々は部外者だ。

千歳の口から聞けるといいのに……。

寿々は切なさを胸に抱きながら、千歳の背中を見詰める。

彼の純白の髪が、夕陽に照らされて金色に光って見えた。

五

——そうして、ついにやってきた土曜日。

『午後イチ』と言われていたのだが、寿々はその時間までジッとしていることができず、早い時間から祇園を訪れて、『さくら庵』の周辺をウロウロしていた。

『さくら庵』の近くには辰巳稲荷があり、白川という小川がサラサラと流れている。

青々とした柳が葉を揺らし、もう終わりかけの桜の花びらが風に舞っていた。

京の風情、情緒があり、散歩しているだけでも楽しいエリアだ。

久々に訪れた辰巳稲荷は、寿々の記憶よりも小さく感じる。

きっと自分が大きくなったのだろう。

社の側に近付くと、小さな境内が騒がしいような気がした。

中を覗くも、力を抑制した状態の今は、何も見えない。

もしかしたら、コウメがいるのかもしれない。

寿々は、髪を結んでいるリボンを解(ほど)いて、今一度境内を覗く。

すると、たくさんの白狐(びゃっこ)たちが、忙しそうに社を出たり入ったりしている姿が目に映る。

——たいへん、たいへん、いそがないと。

——もうすぐ、そのときがきてしまう。

白狐たちは、重箱を積み上げて右往左往したり、おしろいを頬に叩(たた)いて化粧をしていたりと、大わらわだ。

大変、と言っているが、伝わってくるのは緊迫感ではなく、『高揚感』に近い。

頭に花をつけたり、首や尾にリボンを結んだり、まるでこれからお城の舞踏会にでも出掛ける娘たちのようだ。

何が大変なの？　と問いかけようとした時だ。

「もう、こんな日に急に仕事が入るなんて」

女性の声が、小路(こうじ)に響く。

振り向くと『さくら庵』の店内から、若い女性が出てきていた。

上はリネンのシャツ、下はジーンズとカジュアルな装いだ。長い髪を耳に掛けながら、白いスニーカーに踵(かかと)を入れている。

「今日は絶対、家にいたかったのに」

その顔を見るなり、寿々は思わず声を上げそうになって、口に手を当てる。

女優の『杏奈(あんな)』だった。

杏奈が、宗次朗と結婚したのは知っている。

それでもまさかこうして姿を見ることができるとは思わず、寿々は動揺を隠せない。

たしか前に来た時は、伏見にいると聞いていた。どうしてここにいるのだろう？

いや、祇園は、今や彼女の義実家になるのだから、ここにいても不思議ではないわけだ、と寿々はあらためて思い、でも、と洩(も)らした。

「……まさか、杏奈さんがここにいるなんて。なんて綺麗(きれい)なんだろう。ああ、やっぱり澪人さんとよく似てる。どうしよう、『医師探偵シリーズ楽しみに観てます』って言いたい」

寿々は小声でボソボソと言って、こっそり遠くから杏奈の姿を眺める。

杏奈は、美人女性医師が事件を解決していくサスペンスドラマ『医師探偵は見逃さない』の主演を務めている。

一見完璧(かんぺき)な才色兼備でありながら、実はドジで抜けている女性医師の姿が彼女にはまり役と好評で、今はシーズン5を放送中だ。

寿々が見惚(みと)れていると、続いて店から小さな子どもが飛び出してきた。

「お母ちゃん、お仕事行くのん？」

少なめの髪をツインテールにした、四、五歳くらいの女の子だった。

杏奈と宗次朗の子どもだろう。

まるで西洋人形のように可愛らしい少女で、さすが、と寿々は密かに思う。

杏奈は、ああん、としゃがみ込んで、幼女を抱き締める。

「安寿、ごめんねぇ。今日は一緒に夕飯食べれると思ってたのに」

「大丈夫やで。あじゅには、おばあちゃんもお父ちゃんもいてるし。お母ちゃんは、お仕事がんばるんやで」

アンジュというらしい少女は、あっさりとそう言う。

「うん、がんばってくる。今日の撮影は太秦だし、夜には帰ってこられるから、明日の朝は一緒にご飯食べようね。お母ちゃん、フレンチトースト作るし」

「おおきに。そやけど、お父ちゃんに作ってもらいたい」

ええっ、と杏奈はショックを受けたように目を見開く。

「きっと、お母ちゃんは遅うまで撮影やろ？　朝はゆっくりしてあじゅと一緒に並んで食べよ？」

安寿はそう言って、にっこりと微笑む。

その笑顔はまるで天使のようで、陰から窺っていた寿々の胸もキュンとした。

寿々でもそうなったくらいだ。母親である杏奈は、尚更だろう。

「ああん、安寿」

と、杏奈は、抱き締めた腕に力を込めている。

「ほら、早くしないと遅れるぞ」

続いて暖簾から出てきたのは、宗次朗だ。

「宗ちゃん！」

杏奈はパッと顔を明るくさせて立ち上がる。

宗次朗は、職人らしく白帽に白衣を纏い、少し呆れたように腰に手を当てている。

宗次朗の姿はウェブサイトや雑誌でよく目にしていて、男前な職人だとは思っていたが、実物の迫力に驚かされた。

彼の体に纏うエネルギーは、まるで皇帝を思わせる黄金色だ。

そんな宗次朗の肩には、リュック――ではなく、おんぶ紐が掛けられていた。

「え、おんぶ紐？」

と、寿々は目を凝らす。

宗次朗は小さな赤ちゃんを背負い、手にはでんでん太鼓を持っている。赤ちゃんは大きな背中に寄りそうようにして、すやすやと気持ち良さそうに眠っていた。

「あっ、うん。いつもごめんね、宗ちゃん」

「謝るのおかしいんだから、禁止って言っただろ」

つんっ、と宗次朗は、杏奈の額を優しく突(つつ)く。

「……うん、ありがと、宗ちゃん」

と杏奈がはにかんでいると、そうやで、とクリーム色の地に小花が鏤(ちりば)められた小紋を纏った吉乃(よしの)が暖簾から顔を出す。

「おばあちゃん！」

安寿は、パッと顔を明るくさせて、吉乃の足にしがみついた。

「みんなでがんばっていこうて何度も話し合(お)うたやん。そやから杏ちゃんはしっかり、自分の仕事をきばりや」

「ほら、四条に迎えの車が来てるんだろ。早く行ってこいよ」

吉乃と宗次朗の言葉を受けて、杏奈は「はい」と顔を明るくさせる。

「吉乃さん、宗ちゃん、安寿、風駕(ふうが)、ありがとう」

赤ちゃんの名前は、フウガ――男の子のようだ。

行ってきます！　と杏奈は大きく手を振って、軽やかに四条通へと向かう。

杏奈の背中が遠ざかっていく。

話しかけられなかった、と寿々が残念に思うも、

「まぁ、あんな大女優さんに気軽に話しかけたりできないよね」

自分を慰めるように言って、肩をすくめた――のだが、

「杏ちゃん、撮影なん？」

「テレビシリーズ、楽しみにしてるし」

「早く、あの憎たらしい医学部長はん、やっつけたってや」

近所の人たちは、杏奈に遠慮なく話しかけていた。

「ありがとうございます。あの部長、毎度、腹立ちますよね。次こそは、やっつけてきたいです！」

杏奈は溌剌と答えて、行ってきます、と手を振っていた。

明るい太陽のような人だ。

きっと愛衣や和人と同様に、『陽』の気が強い人なのだろう。

寿々は、杏奈の背中を見送りながら、しみじみと思う。

そして寿々は、そっか、と腕を組む。

「子どもが生まれたことで宗次朗さんと杏奈さんは、祇園で吉乃さんと同居すること
にしたんだ……」

だとすれば、小春が東京の大学に進学したのもうなずける。手狭になってしまうと
遠慮して、自らここを出たのかもしれない。

「……それじゃあ、澪人さんと小春さんは別れていなかったってこと？」

朔也が、土曜日に『さくら庵』に来たら分かると言っていたのは、この姿を見れば、

納得すると伝えたかったのだろうか？

寿々が考え込んでいると、安寿の可愛らしい声が耳に届く。

「ねえ、おばあちゃん、きょおはきつねさんたち、いそがしそおね？」

あの子にも白狐の姿が見えているようだ。

思えば、あの子は櫻井家と賀茂家の血を引く、いわばサラブレッド。霊能力が強くても不思議ではない。

そうやねぇ、と吉乃は愉しげに相槌をうつ。

「みんな、喜んだはるんや」

「よろこんだはる？」

寿々も顔を上げる。

白狐たちは、通りに花を並べたり、提灯を吊るしたりと、先ほどよりも慌しくしている。もちろんその花や提灯は、普通の人には見えないのだが……。

その様子を眺めながら宗次朗は、あはは、と笑う。

「すっかり、お祭りムードだな。そろそろ、来る頃か？」

と、宗次朗が腰に手を当てる。

「今来てるのは和人ちゃんたちや」

吉乃はそう言って、四条通の方に目を向けた。

寿々もつられて振り向くと、和人、由里子、朔也、愛衣の姿が見えた。

「あっ、吉乃さん、宗次朗さん、安寿ちゃん」

「間に合って良かった」

彼らは駆け足で『さくら庵』の前まで来て、息をついている。

「ほんま、ちょうどやな」

吉乃の言葉に、飛び交っていた白狐たちが次々に地上に降りてきて、通りの左右に列を作っていく。

白狐たちは揃って、手に小さな花を持っていた。

「じゃあ、俺たちも並んじゃおうか」

いたずらっぽく言った朔也に皆は「そうだね」と同意して、白狐と同じように整列した。

「ほな、安寿も一緒に並ぼか」

「うん。あじゅも、お花持ちたい」

「ほんなら、これを持っとき」

吉乃は髪に挿していた小花の簪を抜いて、安寿の手に持たせた。

陰で様子を窺っていた寿々は、一体何が起こるんだろう、と息を呑む。

すると背後から、ぽんっ、と肩を叩かれて、寿々の体がびくんと震えた。

「え、誰？」

振り向くと、千歳がそこにいた。

少し呆れたような顔で、寿々を見ている。

「それはこっちの台詞。どうして寿々がここに？」

「千歳、どうしてここに？」

「私は、朔也さんに土曜日の午後イチに、『さくら庵』に来るといいって」

まだ午後になっていないので、こうやって潜んでいたのだ。

そうしている間にも、精霊たちが続々と集まってきている。

「一体、何が始まるの？」

寿々が前のめりになって訊ねると、千歳は大きく息をついた。

「……すぐに分かるよ」

次の瞬間、川端通の方に大きなエネルギーを感じ、寿々は動きを止めた。

「おっ、来たな」

宗次朗が手庇をつくる。

寿々の心臓が大きく音を立てていた。

このエネルギーには、触れたばかりだから分かる。

澪人が来たのだろう。

だが、もうひとつ、同じように強いエネルギーがこちらに向かっている。

寿々と千歳の姿に気付いた朔也と愛衣が、笑顔で駆け寄ってきた。

「おっ、寿々ちゃん、来たね」

「寿々ちゃん、先日はありがとう」

「朔也さん、愛衣さん、こちらこそありがとうございます」

「そして千歳くんも久しぶり」

嬉しそうに言う愛衣に、どうも、と千歳は会釈をする。

朔也は、大きくなったなぁ、と自分よりも少し背の高い千歳を見上げた。

「千歳くん、たしかもうすぐ十六歳になるんだよな？　入組のこと、考えてくれてたりする？」

「いえ、『組織』には入らないですよ」

「またまた、そんな宝の持ち腐れのようなことを……と、それよりも」

と、朔也は、寿々を見た。

「寿々ちゃん、真相は分かった？」

そう問われて、寿々は、いいえ、と首を横に振る。

「まだです」

「それじゃあ、今から分かると思うよ」

「そうそう、ほら」

その言葉を受けて、寿々は二人の視線が向いている方に顔を向ける。

通りの先にあったのは——澪人と小春の姿だった。

澪人は黒っぽいスーツ姿だ。小春は白いワンピースを着ていて、長めの髪をみつあみにして横に垂らしている。

小春は写真よりも随分大人びていて、落ち着いていて優しそうなお姉さん、という雰囲気だ。

二人は手をつなぎ、照れたようにはにかみながら皆に向かって手を振っていた。

小春が何かに気付いたように、大きく手を広げた。

すると、どこからかコウメがパッと姿を現わして、小春の胸に飛び込む。

小春に抱き締められたコウメは、嬉しそうに五本の尾を揺らしていた。

寿々が立ち尽くした状態で、その姿を眺めていると、朔也がそっと口を開く。

「コハちゃん、東京の大学を卒業した後、こっちに戻ってきたんだ」

小春と澪人は、寄り添って、嬉しそうに笑っている。

リボンをした状態でも二人の神々しいエネルギーが伝わってきて、寿々の目頭が熱くなった。

今分かった。部室の結界はあの二人が張ったものだ。何を心配していたのだろう。

二人は遠距離だっただけで、気持ちは通じ合っていたのだ。

澪人の『彼女はいない』という話は、噂にすぎなかったのだろう。

それじゃあ……、と朔也が声を張り上げる。

「賀茂くん、コハちゃん……っ」

それが合図のように、皆が一斉に口を開いた。

きっと、『お帰りなさい』と言うのだろう。

寿々も、「お」と言いかけると、

「結婚、おめでとう！」

思いもしない言葉に、寿々は目を丸くした。

「えええええっ、結婚⁉」

寿々の驚きを他所に二人がやって来ると、白狐たちは手にしていた花を一斉に放り投げる。

コウメはすぐに小春の腕から離れて、『さくら庵』の屋根の上にのぼり、ぱんっと手を打った。花は龍の形になって天へと昇っていき、上空で花火のように弾けて、はらはらと花びらが落ちてくる。

通りが大きな拍手に包まれる。

「小春、おめでとうさん」

「おめでとう、こんなに早く結婚なんて、お父さんとしては複雑だよ」

「もお、お父ちゃんは、こはるちゃんのお父ちゃんやないでそ。こはるちゃん、おめでとお」

「澪人には絶対先越されると思ってた。おめでとう」

「小春さん、澪人さん、おめでとう」

「小春、おめでとう！」

吉乃、宗次朗、安寿、和人、由里子、愛衣が、祝福の言葉を告げている。

小春は驚いたようにしながら、皆を見ていた。

「まさか、みんながここにいると思わなかった」

「僕は少し予想してたし。宗次朗さんの策やな」

おう、と宗次朗はうなずいて、店内からフードバットを持ってきた。

「祝いの『桜餅（さくらもち）』紅白バージョンだ。通りを行く人も皆さん、どうぞ！」

その名の通り、紅白色になっている桜餅を見て、居合わせた人たちは顔を明るくさせて、嬉しそうに桜餅を手にしていく。

寿々はその様子を眺めながら、呆然（ぼうぜん）と立ち尽くしていた。

東京の大学を卒業した小春が京都に戻ってきた。

そしてそのまま、結婚？

今日が結婚式なんだろうか？　いや、そういう感じはしない。

寿々が目をぐるぐるさせていると、朔也が、どうかした？　と顔を覗く。

「寿々ちゃん、これで真相、分かったよね？」

「ええ、あの、とりあえずは分かったんですけど……展開が急すぎてまったく頭が追い付かないんですが……それはさておきまして」

「うん？」

「おめでとうございます！」

寿々が声を張り上げた瞬間、澪人と小春が揃って振り返る。

「あの、私は、千歳の友達でOGMに憧れていて、二代目になりたいと思っている、いちファンなんですけど、本当に嬉しいですっ！」

澪人と小春は顔を見合わせて微笑み合い、寿々の方を見た。

「ありがとう」

二人からの言葉を受けて、寿々は目に涙を滲ませる。

「寿々ちゃんは、本当にファンなんだなぁ」

「ねぇ、なんだか嬉しい」

と朔也と愛衣が笑い、千歳は、やれやれ、という様子で寿々の背中を軽く叩いた。

寿々が詳しい真相を聞くのは、この後のことだった。

第三章　愛しき回顧録。

［一］薬指の約束

試練とは、どういうものなのだろう？

櫻井小春は、縁側に腰を下ろし、ふとそんなことを思う。

自分の身に起こった大きな試練は、『目を合わせると人の心が読める』という稀有な能力が突然発現してしまったことだろう。

——十五歳の秋、自分は普通じゃなくなってしまった。

頭に響いてくる人の本音に耐えられず、両親の心の声も聞きたくなくて、部屋から出られなくなったのだ。

そんな折、祇園で和雑貨店を営む祖母から『店を手伝ってほしい』と言ってもらい、自分のことを誰も知らないところでなら生きていけるかもしれないと思い、京都へ行くことを決めた。

十六歳の春、『祇園の拝み屋さん』と慕われる祖母の許での生活が始まったのだ。

実家を出て、京都での生活を始めるというのは、自分でもかなり大きな勇気を必要とする決断だった。

過去を振り返って思うのは、思い切って新たな環境に飛び込んだことで自分の人生が変わったということ。

あの試練がなければ、間違いなく今の自分はいない。

どちらが良いのかは、推し量ることはできない。

だけど、京都に来て、かけがえのない人たちと出会うことができた。

愛衣、朔也、由里子、和人——そして澪人。

彼らと数々の経験を共にした。

そうして、自分は十八歳になった。

今の自分は、進みたい道がはっきりと決まっている。

それはあの時のつらかった経験が、活かせる仕事のはずだ。

カコン、と鹿威しの音が響いて、小春は我に返った。

鳥たちも音に驚いたように羽ばたいていく。

庭園は、すっかり春の装いだ。

町中の桜は散ってしまっているが、上賀茂にある賀茂邸の庭の桜は、まだ花を咲かせている。とはいえ、もう終わりかけで風が吹くたびに花びらが舞い、地面は薄紅色の絨毯のようになっている。

相変わらず、賀茂邸の庭は素晴らしい。

「小春ちゃん」

声の方向に顔を向けると、澪人が湯呑の載ったお盆を手にしていた。

墨色の和服が艶っぽく、その色香に当てられて、小春の頬が思わず熱くなる。

「あっ、お茶の用意、すみません」

ええねん、と澪人は笑って、小春の隣に座る。

「出るまで時間があるさかい、少しのんびりしよか」

今日は、小春の十八回目の誕生日だ。

これから、料理旅館としても名を馳せている嵐山の『松の屋』へ食事をしに行くところだ。もちろん、泊まりではない。

小春は少し気合を入れて、薄紅色の訪問着を纏っていた。

ありがとうございます、と小春は湯呑を手にして、口に運ぶ。

玉露の甘さが広がり、その美味しさから、はぁ、と熱い息をついた。

「澪人さんの淹れたお茶、本当に美味しいです」

「茶葉のおかげやな」

それだけじゃないですよ、と小春は口に手を当てる。

二人で縁側に並んで座り、庭を眺めた。

小春は、澪人に話したい――、いや、話さなくてはならないことがあった。

食事の時にと考えていたが、もしかしたら今の内の方がいいかもしれない。

「澪人さん、あの……」

「小春ちゃん、僕……」

ほぼ同時に互いを呼び合ってしまい、小春と澪人は目を瞬かせる。

「あ、かんにん、なんやろ？」

「澪人さんから良かったら」

「僕は後からで」

そうですか、と小春は呼吸を整えるように、胸に手を当てる。

「春休み、実家に帰った時に、私、自分の将来について両親に話したんです」

少し先の話になるが、学徳学園の旧幼稚舎が、学校に馴染めない子などを受け入れるフリースクールへと生まれ変わる。

学徳学園の学長が、フリースクールの理事を務めることになり、フリースクールの名も『学徳学園青葉館』となった。

小春は、そこの教員になりたいと思ったのだ。

「ご両親はなんて？」

「思ったよりも、手放しで賛成してくれました。なんでも両親は、私が『さくら庵を継ぐ』って言い出すんじゃないかと思っていたみたいで……それも悪くはないけれど、あまりに世の中に出ないのはどうなんだろうって懸念していたみたいなんです」

　そうなんや、と澪人は相槌をうつ。

「それで、その時に言われたんです。『こっちの大学に進学してくれないか。大学の四年間、お父さんとお母さんと小春と夏樹の四人、家族水入らずで生活したい』って」

　夏樹は、生まれて間もない小春の弟だ。

　弟が生まれたから、小春は自分が側にいなくても大丈夫だろう、と思っていた。

　だが、そうではなく、弟が生まれたからこそ、できることなら家族みんなで生活したい。

　そんな両親の言葉は、小春の心に響いた。

「それで……あの……」

　膝の上に置いた小春の拳が、小刻みに震えていた。

『高校を卒業したら、東京の実家に戻ります』

　そう言いたいのに、言葉が続かない。

　澪人の近くにいられなくなるのは寂しく、何より不安でもあった。

　愛衣たちは、『澪人さんだよ？　絶対大丈夫』と笑っていた。

それでも、この世に『絶対』なんてことはない。

いくら周囲の人間が『澪人さんに限って』と言っても、小春自身は手放しで安心できるわけではない。

距離ができれば、会える時間も少なくなる。

少しずつ気持ちが離れても無理はない。他の人に心が移ってしまうかもしれない。

こんなにも素敵な人なのだ。出会いもたくさんあるだろう。

寂しさを埋めるように、誰かと時間を過ごし、やがてその人に心が移ってしまうということだってある。

遠距離になると言うのは、小春にとっては切実であり、試練でもあった。

これまで側にいた大好きな人と遠く離れてしまうのだから……。

「私……」

やっぱり東京へは戻りたくない。

でも、家族と一緒に過ごしたい気持ちもある。

そんな二つの気持ちの間で揺れ動いていると、澪人が手を差し伸べた。

「小春ちゃん、手を出してくれへん？」

「手……？」

小春が掌（てのひら）を見せると、澪人はその上に小箱を置いた。

「えっ？」

「誕生日プレゼントやねん。ほんまは、食事の時にて思うたんやけど」

小春は何も言えないまま小箱の蓋（ふた）を開けると、そこには指輪が入っていた。

「これは、もしかして……」

「小春ちゃんの誕生石や」

ほんで、と澪人は懐から封筒を出し、小春に差し向ける。

小春が戸惑いながら、封筒の中を確認すると、書類が入っていた。

それは、澪人のサインが入った婚姻届で、小春は言葉にならず目を見開く。

「ああ、勘違いせんといて。今すぐて話やないねん。僕はいつでもあなたと結婚したいて思うてる。けど、小春ちゃんの準備が整っていないのに、無理強いはしとない。そやから、いつかあなたが僕と結婚してもいいと思ったら、サインしてほしいんや。ほんで、もし、僕とは嫌やってなったら、捨ててもろてかまへん」

小春の目頭が熱くなり、鼻の奥がツンとする。

そやから、と澪人は小春が持っている小箱から指輪を取り出し、

「僕はあなたがどこに行こうと気持ちは変わらへん。いつになってもかまへん、僕と結婚してください」

小春の左手の薬指に嵌（は）めた。

視線をそらさず、真っすぐに小春を見つめてそう言う。

胸を打つプロポーズに、彼が好きだという気持ちが溢れ出し、小春の目から涙が零れ落ちた。

――そうだった。

思えば、試練を乗り越えたその後にはいつもとびきり良いことが起こったのだ。

試練は壁ではなく、次のステージへと進むための扉だった。

「……はい」

と、小春は目に涙をためたまま、笑みを浮かべる。

「大学を卒業したら、私を澪人さんのお嫁さんにしてください」

澪人の目が大きく見開かれたのが分かった。

「小春……っ」

澪人は小春の体を抱き寄せて、唇を重ねる。小春も、澪人の背中に手をまわして、そのキスを受け入れる。

そうしながら、全身が発火したように熱くなる気がした。

澪人はそのまま小春の体に覆いかぶさり、唇を離して、見下ろした。

「おおきに、小春ちゃん。ほんまに嬉しい」

「私も、で」

最後まで言い終わらないうちに、再び唇が重なった。

いつもよりも深いキスを交わし合いながら、ずっと、こうしていたいという気持ちと、こんなことをしてしまって良いのだろうかという背徳感が交錯している。

「澪人さん、あの……」

その時、ピピピッ、と澪人のスマホからアラーム音が響いた。

「……あ、もう、出発せなあかん時間やな」

澪人は残念なような、どこかホッとしたような顔をして、ゆっくりと体を起こし、

「あかん。理性が飛ぶとこやった。ほんまに気をつけな。小春ちゃんは、まだ高校生やで……」

などと自分を諫めながら、アラームを止めた。

小春は今も体に熱が残っているのを感じながら上体を起こし、着物を整える。

「かんにん、小春ちゃん。自重せな……」

申し訳なさそうに言う澪人を前に、小春は首を横に振り、そっと手を重ねる。

「来年の誕生日はもう大学生です。その時は……食事だけじゃなくて、どこかへ旅行とか……行きたいですね」

小春がしどろもどろにそう言うと、澪人の顔がみるみる赤くなる。

「え、あ……いや、その、ほんまに？」

あらためて問われて、小春は目を合わせられないまま首を縦に振った。

少しの間動揺していた澪人だが、ややあって大きく息をつき、おおきに、と囁(ささや)いて、小春の肩を抱き寄せた。

「そやけど、やっぱり結婚するまでは……と思うてる」

えっ、と小春は瞳を揺らしながら、澪人を見る。

「結婚前にそういうのは、良くないからですか？」

ちゃう、と澪人は目をそらしたまま、首を横に振った。

「そんなんやない。もし、そないなことしてしもたら、僕はきっと……小春ちゃんを離せへんようになる」

「澪人さん……」

そやけど、と目を瞑(つむ)り、互いの額を合わせる。

「ちょっと濃厚なイチャイチャは許してほしいし」

小春は小さく笑って、はい、とうなずき、澪人に寄り添った。

薬指に誓った約束。

生涯決して忘れることがない、十八歳の誕生日だった。

［二］　たったひとつのお願い

『――それはもう、ものすごい剣幕で怒ってらっしゃいましたよ』

目の前で微笑んでいるのは、藤の精を思わせるような絶世の美青年だ。

そう思ったのは、ちょうど藤棚の下に彼が現われたためだ。

狩衣姿で頭には烏帽子をかぶり、艶のある真っすぐで長い髪は腰のあたりで一つに結ばれている。

いつものように扇で口許を隠して愉しげに微笑みながら、こちらを見ている彼は、人ではなく、神――黒龍だ。

名は、驪龍。

今は皆に『若宮』と呼ばれている。

「千歳くん、そないに怒ってたんや」

澪人は縁側に腰を下ろした状態で、苦笑する。

『ええ、今プロポーズをするなんて卑怯だ、離れることになったから縛りつけるような真似をしたんだ、僕が大人になるまで待ってほしかったのに、と何度も……』

千歳が、駄々をこねるように怒っている姿は、容易に想像がついた。

思わず頬が緩みそうになって、澪人はそれをこらえる。

すると若宮は、やれやれ、という様子で澪人の隣に腰を下ろした。

『恋敵の敗北を笑うとは、取り澄ましたあなたもやはり人の子……』

「嫌な言い方はやめてくれまへん？　僕が笑いそうになったのは、かつてのあの方とは、まるで違うと思ったからや」

千歳の前世は、安倍晴明だ。冷静沈着で、常に飄々としていた彼と、今の千歳の姿が重ならず、時々、不思議な気分になる。

『それは当たり前です。前世は前世、今世は今世。魂を引き継いでいても、人が違うのですから』

「頭では分かっているんやけど」

澪人は後ろに手をつき、空を仰ぐ。

『まぁ、あなたのように記憶まで引き継いでしまった方は、一緒くたに考えてしまっても無理はないでしょうね。最近、わたしも千歳くんがゲームをしている様子を見ていて思ったことがありまして』

「ゲームて？」

『RPG系のゲームです』

「あなたの口から、そういう言葉が出てくるて奇妙な感じやな」

『長く現世にいると、色々と学ぶもの』

若宮は、ふふっと笑って話を続ける。

『あの子は先日、人生を思わせる長いゲームをようやくクリアしましてね。少し休憩してから、新たなゲームを始めたんですよ。前のゲームでは無双状態だったんですが、また、レベル1のところからのスタートです』

「そら、当たり前や」

『これって、人の子の輪廻と似ているなと思いました』

「RPGが？」

『ええ、魂がプレーヤー……つまり、あの子自身。以前のゲームが前世で、今始めているのが今世。前のゲームで学んだ知識や勘はそれなりに使えますが、基本的に違うゲームですので、さほど役には立たない。積み重ねたレベルも蓄えたゴールドもすべて手放して、新たなゲームを始める。またレベル1からのスタートです。それでも、たくさんのゲームをクリアしていったという実績と経験になる』

ふむ、と澪人は腕を組む。

「そう思えば、前世と今世がまるで違うても納得や」

『でしょう。あの子は前のゲームでは、武闘派のキャラクターを使っていたんですが、次のゲームでは違うのがいいと魔法使いを選んでいました。そういうところも、輪廻のようだと』

「そうなんや？」

『ええ、以前と違う経験をしたいと願う者は多い。晴明殿もきっと今度は、もっと自分にわがままに生きたいと思っていたのかもしれませんね』

澪人の脳裏に、かつての晴明の姿が過る。

頼れる御仁だったが、感情を表に出さないため、何を考えているか分からず、こちらも心を許せはしなかったのだ。

「そう考えたら、千歳くんが怒ってむくれているというのは、良いことやね」

『ええ、わたしもなんだか嬉しかったですよ』

共に庭に目を向けたまま、頬を緩ませる。

澪人は遠くを見つめるようにしながら、ぽつりと呟いた。

「そう思えば、僕はいつまでもクリアしたゲームのレベルを上げ続ける虚しい人間なんやろか……」

いいえ、と若宮は首を横に振る。

『ゲームにも色々な種類があります。あなたは、前のゲームから内容を引き継いだ、いわばシーズン2をプレイしているというところでしょうか。あなたに前世の記憶が蘇ったのも含めて、すべて必要があったこと。森羅万象――つまりは公式の仕掛けですよ』

公式て、と澪人は小さく笑う。

「なんや、途端に軽い感じになるし」

『そのくらい軽くとらえた方が、楽ではないかと』

「ま、たしかに。僕はなんでも重くとらえてしまうきらいがあるし、いつも必死や」

『小春さんへのプロポーズも必死が故ですか？　彼女が東京へ行ってしまうことは、なんとなく予想がついていたはずです。実際、先に約束を交わしてしまえば、という打算もあったでしょう？』

試すような目を向けられるも、澪人は何も言わず口角を上げただけだった。

若宮が言う通り、小春が東京へ戻ってしまうのではないかと感じていた。

だが――、

「元々、彼女が十八になったら、プロポーズしようと思うてたし」

そこまで言って、もちろん、と澪人は続ける。

「他の男たちへの牽制があったのは否定できひん」

正直ですね、と若宮は愉快そうに目を細める。

『そんなにも彼女を逃したくないのに、一線を越えないのはあなたの美学ですか？』

美学て、と澪人は自嘲気味に笑う。

「僕の中に二つの想いがあるんや……」

それは、『彼女を誰にも渡したくない』という渇望にも似た強い気持ちと、『もう彼女を縛りたくない、常に自由でいてほしい』と切に願う心だった。

「今、この二つの気持ちは、絶妙なバランスで釣り合っている」

若宮は、なるほど、と目を柔らかく細める。

『〝もう彼女を縛りたくない〟というのは、前世から引きずるあなたの後悔ですね。よっぽどこたえたのですね』

「それ、あなたが言わはります？」

『あなたこそ、再び生まれ変わって巡り逢っておきながらよく言ったものです。一つ伝えますが、新たなゲームを始めるかどうかは、プレーヤー自身が決めることです』

ころころと笑う若宮を前に、澪人は目をそらした。

「……僕はきっと、今世では少し離れたところから彼女をサポートしたいと思うてた気ぃします」

そもそも、彼女は、自分を好きにならないだろう、と思い込んでいた。

どんなにがんばっても愛されなかった、という想いが強く染みついていたのだろう。

今、若宮によく似た容姿に生まれ変わっていても、だ。

彼女には愛されることがない。だから、サポートに徹しよう。

そう思いながらも、どこか悔しく、ほんの少し意識してほしい気持ちもあったのかもしれない。

つい、彼女を翻弄するような言動をしていた。

その後はいつも虚しくなっていた。

おそらく、『どんなことをしようとも、彼女が自分を好きになるはずないのに』と心の奥底で、苦しくなっていたのだろう……。

だから小春に初めて告白された時は激しく動揺した。

それを素直に受け取ることができず、どうせ龍神に似ているからだろう、と突っぱねてしまった。

それは違ったのだ。

彼女は前世から、ちゃんと自分を愛してくれていた。

自分たちは、悲しいすれ違いをしていただけなのだ。

それなのに今世でも迷走し、小春を傷付けたことを思い返して、なんやねん、と澪人は前髪をくしゃりとつかむ。

「ほんまに阿呆やな、僕は……」

今もどこか、自分を張りぼてのように思っている。常に自信がないのだ。

『それでいいんですよ』

と、若宮は穏やかな口調で問いかける。

『後悔したり、迷走したりして、人の子は成長していくもの。未熟だから愛しく尊いのです』

尊いて……、と澪人は笑う。

『尊いですよ。人は、様々な経験を積むために生まれてきます。我々はその姿を見られるのが、嬉しくてたまらないのです』

「まるで、あなたたちを喜ばせるために、僕らは生まれてくるみたいやな」

『そうかもしれませんね』

「さっきあなたは輪廻をゲームに譬えてましたが、人が生まれてくる意味についてはどう思うたはりますか？」

『ですから、〝経験〟をしてもらうためですよ』

してもらう？　と澪人は訊き返す。

『ええ、そもそも森羅万象は万物を愛し、すべてを赦すエネルギーです。それが故に憎しみや怒り、戸惑いや驚き、そして、歓喜や興奮などの感情からは縁遠いのです。そんな森羅万象ですが、すべての感情を網羅したいと常に思っています。それは理屈ではなく、そういう性質とでもいいましょうか。これも今の世に譬えると、森羅万象はマザーコンピューターと言えるかもしれませんね』

「すべての情報をデータにするために必要としている……てことやな」

そういうことです、と若宮はうなずく。

『そのため、自らの分身として、人の子を現世に送り出すのです。ですので、現世に生を受けた者たちには、なるべく多くの経験をしてほしいと願っています。しかし、新たな経験をするのには恐怖心が伴うもの。それを恐れずに行動した者は、必ず森羅万象の祝福を得るでしょう。ですので、人生の岐路に立った時は、より多くのことを経験できる方を選択するようわたしは勧めます』

澪人は、ふむ、と腕を組み、そっと訊ねる。

「……それが、罪深いことでもやろか？」

若宮は、ふふっと笑って、人差し指を立てた。

『善悪は人の子が決めたものです。罪も時代や場所、立場によっても変化する不確かなものですよね？』

「たしかに、そうやな」

今は罪と言われている浮気や殺人も、時代によっては正義とされた。時の権力者はたくさんの子を生さねばならず、多くの妻を持つのを義務とされ、戦の時代では、多く人を殺めた者が英雄になった。

ですが、と若宮は人差し指を立てる。

『一つだけこの世界には、確固たるルールがあります。それは時代や場所、立場など関係なく、誰しもに平等に与えられたルールです』

答えを試すような視線に、澪人は微かに肩をすくめる。

「鏡の法則やな」

やったことは、何らかの形で必ず自分に返ってくる――それが鏡の法則だ。

『そうです。〝この世の理は鏡〟。人がどんなことをしようと、森羅万象は咎めません。ただ、自分に返ってくるだけです』

それが、なかなか曲者なのだ。

人を踏みにじって成功した者が、ようやく目指すべき場所に到達したというところで、一気に因果が返ってきて、転落するというのは、よく聞く話だ。

「まぁ、それを踏まえて、選択して、経験を重ねる必要があるってことやな」

ええ、と若宮は答えて、胸に手を当てる。

『わたしも神の一柱、人間らしい感情とは無縁のところにいました。ですが、あなた方と触れ合ったことで、人のような感情を体感できたんです。嬉しかったですね』

「嬉しいんや？」

『とても。自分の中に湧き上がる悔しさも独占欲もこれまで感じたことがないもの。

たまらなく愛しくて、幸せでした。森羅万象が自らは得られない感情を人の子を通して受け取ろうとする想いが少し分かった気がしました』

ですが……、と若宮は立ち上がる。

『少し身を委ねすぎましたね』

そう言って、藤棚に向かって歩き出す。

みるみる薄くなっていく姿を目にし、澪人は焦りを感じて腰を上げた。

「もう、行かはるんですか？」

『今度は、嬉しそうにしないんですね？　少しは寂しく感じてくれましたか？』

若宮は振り返って、訊ねる。

「……そら、そうや」

若宮に対し、前世からの悔しい気持ちは残っている。

だが、それ以上に彼は特別な存在だ。

寂しくないはずがない。

「小春ちゃんに会いにいかはるんですか？」

『元カレは、ひっそりとフェードアウトします』

いえ、と若宮は微かに首を横に振る。

「すっかり現代の言葉を使いこなしたはるし。ほんでまたそないなこと……」

『そもそも、わたしは、別れなど言うつもりはないんですよ。小春さんにもあなたにも、千歳君もそうです。こうして縁を結んでいるのですからね』

若宮の言葉の意図が伝わってくる。

縁を結んだ以上、いつかまた出会えるものだ。

それが今世じゃなくても――。

「ほんまやな……」

『澪人さん、わたしはあなたに一番、世話を掛けたと思っています。ありがとうございました』

現代風に、と若宮は握手の手を差し出す。

澪人は小さく笑って、その手を取った。

若宮の姿は、薄く消えかかっているというのに、つないだ手の感触はしっかり伝わってきた。

ひやりと冷たいようで、奥に熱がこもっているような、不思議な感触だ。

『澪人さん、ひとつだけ、お願いがあるんです』

若宮はつないだままの手に目を落としながら、ぽつりと口を開いた。

「なんでしょう？」

『もし、このままあなたが小春さんに振られずに、なんとか結婚までこぎつけることができたとしまして……』

「嫌な言い方するし」

『まぁ、このくらいの意地悪は許してください』

と若宮はいたずらっぽく笑って、話を続ける。

『縁があって子を授かることができたとして、その子がもし男の子だったら』

澪人は何も言わずに、若宮の言葉を待つ。

『〝リリョウ〟と名付けていただけませんか？』

はっ？　と澪人は目を見開いた。

「驪龍って、そないな難しい漢字……」

『字はなんでも良いのです。ただ、リリョウ、という音で、あなたと小春さんに呼んでもらいたいのです』

「それは、もしかして……」

澪人は問い詰めようとするも、若宮の優しい眼差しを前に何も言えなくなり、口を閉ざした。

そうやね、とはにかむ。

「もし、その時を迎えることができたら、小春ちゃんに伝えます」

小春は喜んで了承するだろう。

ありがとうございます、と若宮は手を引き寄せて、澪人の顔を覗き込む。

『澪人さん、先ほどの鏡の法則の話ですが……』

澪人は黙って、若宮を見詰め返した。

『この世の理は鏡――つまり、今のあなたのすべては、あなたが過去から積み上げた結果ですよ。その容姿も境遇も能力もすべて、自身の行いにより得たもの。決して、張りぼてなどではありません。あなたはもっともっと自分を誇って良いのですよ』

優しく諭されて、澪人は言葉に詰まった。

若宮はそっと手を離し、扇で口を隠して、では、と会釈する。

『いつかまた、お会いできる日を楽しみにしてます』

旋風が起こり、木々の葉がらせん状に舞い上がっていく。

若宮の姿はなくなったが、彼が立っていた場所に扇が落ちていた。

澪人はそっと腰をかがめて、扇を手に取る。

扇は不確かなものではなく、ちゃんとした物質だった。

これまでとは違い、本当の別れなのだろう。

だが、永遠の別れではない。

もしかしたら、そう遠くない未来、再会できるかもしれないのだ。

この世の理を説いた龍に……。

「ほんまに、いつかまた――理龍」

澪人は、空を見上げて、そっと微笑んだ。

［三］祝いの宴

「寿々ちゃん、あの時、ちゃんと説明してあげなくてごめんね。朔也があんなことを言い出すから、私もついつい。あっ、オレンジジュースでいいのよね？」

そう言ったのは、愛衣だった。

申し訳なさそうに言いながらも、少し愉しげに笑って、寿々のグラスにジュースを注いでいる。

寿々は慌ててグラスに手を添えて、すみません、と会釈をした。

ここは、『さくら庵』の二階。櫻井家の住居だ。

襖(ふすま)を取り払った和室は、広々とした宴会場になっていて、そこに今日の主役の小春と澪人、彼らを祝福するのに集まった愛衣、朔也、由里子、和人、そして吉乃、宗次朗が温かい目を向けている。

宗次朗と杏奈の子——安寿と風駕は、コウメとコマの側で楽しそうにしている。

その中に飛び入りで加わったのが、寿々と千歳だった。

テーブルの上にはオードブルが載っている。

手まり寿司、から揚げ、厚焼き玉子、ローストビーフ、エビフライ、ハンバーグ、春巻き、エビチリ、茶碗蒸し、サラダなどがてんこ盛りだ。

これらはすべて、宗次朗が作ったのだという。

「宗次朗さん、相変わらず、すごいっすね」

感激の声を上げる朔也に、宗次朗は「おうよ」と応える。

「そうそう、この前、嵐山の店に行ったんすよ。『さくら庵』も今や四店ですもんね。さすがっす」

「店の話を持ってきた張本人がよく言うよ」

宗次朗が呆れたように言うと、朔也は「てへへ」と笑う。

話を聞いていると、朔也は大学で経済学を学んでいる時に実家が持つ社員向け保養所——鞍馬の温泉宿を一般向けにプロデュースして、大成功を収めたという。

それを足掛かりに起業し、今や知る人ぞ知るマーケティング・コンサルタントだそうだ。

宗次朗に出店を勧めたのは、朔也だった。

風贺の保育園が決まるまでの子育てが忙しい今の期間、宗次朗はフル稼働せず、各店舗をまわって、指導の方に徹しているという。

赤子を背負って現われるので、名物オーナーになっているとか。

「風駕の面倒は、私が見るて言うてるのに」

少し残念そうに言う吉乃に、宗次朗は、いやいや、と笑う。

「安寿の送り迎えしてもらうだけで、ありがたいよ。ばーさんも年だし」

「年より扱いは禁止やで」

「って、実際、年寄りだろ」

そんな宗次朗と吉乃のやりとりに皆が笑っている。

寿々もなんとなくその様子を眺めて笑っていると、

「で、寿々ちゃん、真相は分かった？」

愛衣にあらためて問われて、我に返った。

はい、とぎこちなくうなずく。

小春と澪人は、別れていたわけではなく遠距離恋愛だった。

大学を卒業した後の小春の誕生日――四月十三日――つまり、今日結婚しようと何年も前から約束していたという。

そんなわけで午前中に婚姻届を出し、神社に挨拶に行ってきたそうだ。

挙式は、来月のゴールデンウィークに予定しているとか。

「ねぇ、小春さん。もう、仕事はスタートしているのよね？」

由里子の問いかけに、寿々は我に返って顔を上げる。

小春は、はい、と笑顔でうなずいていた。

「四月一日から学徳学園の青葉館に勤務してます。でも、まだまだ、分からないことだらけで……」

小春の話が終わらないうちに、朔也が前のめりになって訊ねた。

「そういえば、コハちゃんと賀茂くんって、もう一緒に暮らしてたり？」

すると小春の頬がほんのり赤くなる。

「ううん、今はここに身を寄せていて、でも、今日からは……」

そう、今日から小春と澪人の新婚生活がスタートするのだ。

小春の気恥ずかしさが伝染して、皆の頬も赤くなる。

そんな中、千歳だけが少し面白くなさそうな顔をしていた。

ずっと勘違いしていたな、と寿々は苦笑する。

千歳は、小春を姉のように慕っていると思い込んでいたのだ。

そうではなく、千歳は小春に恋をしていたのだ。

年齢差が大きいので、そんな風に思わなかった。いや、千歳が小春に恋をしているなんて、思いたくなかっただけなのかもしれない。

千歳が自分を見てくれようとしないことを寂しく思いながら、自分こそ千歳の何を見ていたというのか。

寿々はずんと落ち込んでいると、宗次朗が、よーし、と声を上げた。

「みんなに飲み物が渡ったみたいだし、澪人と小春が乾杯の音頭だな」

その呼びかけに、小春と澪人はいそいそと立ち上がる。

「皆さん、僕と小春は、今日夫婦になりました」

「賀茂くんってば、『小春』って、呼び捨てになってる！」

朔也が、きゃあ、と黄色い声を上げ、愛衣が「こらっ」と窘める。

すると澪人は、にこりと微笑んだ。

「ええ、僕の妻が、今日からは呼び捨てにしてほしいて言うさかい」

すかさずのろけた澪人に今度は皆が「ぎゃあ」と声を上げ、小春は真っ赤になって俯く。

「僕らはまだまだ若輩や。皆に教わって、勉強しながら、支え合って生きていこうと思ってます。これからご指導ご鞭撻のほど、何卒よろしゅうお頼申します」

続いて小春が、「よろしくお願いします」と頭を下げて、ええと、と口を開いた。

「皆さん、ご存じでしょうが、私は高校卒業後、東京の実家に帰りました。大学生活の四年間、両親と小さな弟と生活できたのは、私にとって良い時間でした」

　ですが、と小春は続ける。

「京都の町と、みんなが恋しくて仕方なかったのもたしかです。高校生活の三年間、私の人生でとても大きく大切な時間でした。ここで、かけがえのない人たちに出会うことができました。私の特殊な力を知りながら気にすることなく接してくれて友達として寄り添ってくれた愛衣、色々あったけれど大切な仲間になってくれた朔也くん、いつも元気をくれたコウメちゃん、真っ直ぐで優しい由里子さん、今世でも巡り逢えた和人さん、そして勝手に弟のように可愛く思っている千歳くんに、ＯＧＭの活動を愛してくれていて縁があってここに来てくれた寿々ちゃん、可愛いコマちゃん、私にとって姪と甥のような安寿に風駕……みんなは、誰一人欠かせない大切な存在です」

小春の言葉は、皆の心を打ったようだ。

千歳もほんのり頬を赤らめている。

部外者の自分の名前まで出してもらった、と寿々は少し申し訳なく思いながらも、嬉しさに感動していると、小春は寿々の方を向き、にこりと微笑んだ。

「寿々ちゃんに二代目になりたいって言ってもらえて嬉しかった。自分たちの活動を肯定してもらえた気持ちになったの。本当にありがとう」

小春に続いて、愛衣と由里子も強く首を縦に振る。

「私も嬉しかった、ありがとう」

「私もよ。何かあったら、いつでも声を掛けてね」

寿々は、こちらこそです、と恐縮しながら頭を下げる。

　小春は気を取り直したように、吉乃と宗次朗を見詰める。

「そして、私が八方塞（はっぽうふさ）がりになった時、手を差し伸べてくれたお祖母（ばあ）ちゃんと、みんなが腫物（はれもの）に触るように扱うなか気遣いつつも遠慮なく接してくれた宗次朗さん……二人のおかげで、私は前を向いて歩けるようになりました。両親と分かり合うことができました。本当にありがとうございました」

　と小春はお辞儀をして、澪人を見る。

「今日、二十二歳の誕生日に、大好きな人――澪人さんと結婚できました。これまで私は、結婚をゴールのように思っていましたが、今日を迎えて結婚はゴールではなく、新たなスタートだと実感しました。澪人さんも言っていましたが、私たちはまだまだひよっこ、若輩者です。どうかこれからもよろしくお願いいたします」

　小春はそう言って、深々と頭を下げる。澪人も同じようにお辞儀をした。

　皆は目に涙を浮かべながら、大きな拍手をした。

　寿々は拍手をしながら、ちらりと隣に座る千歳を見る。

　千歳は、笑顔で拍手をしていた。

　小春の言葉で、吹っ切れたものがあるのかもしれない。

　寿々がホッとしていると、

「ほら、乾杯の合図しろよ」

「そうだそうだ」

と、宗次朗と朔也がやいのやいのと言っている。

そうでした、と小春と澪人はグラスを手にし、

「それでは、乾杯！」

と、声を揃える。

乾杯っ、と皆もグラスを高く掲げて、口に運ぶ。

「僕としては、結婚指輪をつけて、幸せそうに微笑んでいる澪人の姿を見られたことが感慨深いよ」

その言葉に、本当だ、と朔也が口に手を当てる。

「賀茂くん、指輪してる！」

「もちろんや。僕はもう既婚者やし」

「コハちゃんも？」

「……はい」

澪人と小春は揃って、薬指に嵌めた指輪を見せる。

プラチナのリングで、一部が捻じれたようなデザインになっている。

小春は結婚指輪の他に、ダイヤが付いた指輪も嵌めている。

「コハちゃんは、二つつけてるんだ」

「一つは婚約指輪だよね」

「結婚指輪、シンプルだけど、アクセントがあって素敵ねぇ」

「もしかして、メビウスの輪のデザインだったり？」

朔也、愛衣、由里子、和人が口々に話しかける。

澪人と小春は気恥ずかしそうにうなずいた。

「そうなんです。メビウスの輪をイメージしました」

「京都の職人さんに作ってもろて……」

皆は、わあ、と顔を明るくさせて、一斉にスマホを出し、撮影を始めた。

「小春、こっち向いて」

「澪人、目線こっち」

「目線て」

「なんだよ、まるでテレビの記者会見だな」

と呆れたように言った宗次朗の言葉に、「ほんまや」と吉乃が笑う。

「いやはや、おめでたいね」

「しかし早い結婚だよな」

「ほんまやなぁ」

「いや～、賀茂くんは、世の女性たちのためにも、早く身を固めた方がいいっすよ」

和人、宗次朗、吉乃と続いて、最後に朔也がそう言う。

寿々は激しく同感して、うんうん、と首を縦に振る。

ねぇ、小春さん、と由里子が問いかける。

「澪人さんのようにモテる人との遠距離恋愛って不安じゃなかった？　私なんて距離が近くても、忙しくて会えない日が続くと不安になって……」

「それはもちろん、不安になりましたよ。澪人さんは『僕は小春ちゃんが思うほど、モテてへんし』とか当てにならないことを言いますし」

それは本当に当てにならない、とリアルな現場を目の当たりにしている寿々が顔を引きつらせていると、でも、と小春は話を続けた。

「瞳さんが逐一報告してくれていて」

「瞳さんって？」

と、由里子が小首を傾げると、愛衣が答えた。

「私たちの後輩の谷崎瞳――ミス研の部長だった子です。今、ゼミ生で」

「あー、あの眼鏡の子ね」

「それが、今やコンタクトにして、綺麗にメイクもしていて、なかなかの美女なんですよ。そんな瞳は、小春のために女戦士となって澪人さんに群がる女たちを蹴散らしているみたいです」

蹴散らすて……、と澪人は苦笑した。

「谷崎君は、普通に受付をしてくれているだけやし」

話を聞きながら、寿々はぽかんと口を開けていた。

あの女子高生たちを一蹴していた『瞳』は、ＯＧＭの後輩だったようだ。思えば、アルバムに眼鏡を掛けた真面目そうな女子高生の姿も写っていた。

あの人が、まさか小春のためにがんばっていたなんて……。

「そうしていたら、今度は瞳が澪人さんの彼女だって噂も立って、それには困ってましたね」

「まぁ、彼女は遠藤君と交際してるし」

うんうん、と相槌をうつ澪人に、今度は小春が「えっ」と顔を上げる。

「遠藤君って、もしかして、『組織』の遠藤卓さん？」

「あれ、言うてへんかったやろか。そうやねん。あの子も僕のところの学生で」

「賀茂くんに憧れすぎて、同じ髪型してるよね」

と、朔也がイヒヒと笑った。

そういえば、谷崎瞳と一緒に受付していたのは、澪人と同じような髪型をしていた男子学生だった。

噂と言えば、と愛衣が続ける。

「澪人さんが『彼女はいない』って言った話も独り歩きしてましたよね」

そやねん、と肩を下げる。

その話が耳に入るなり、あの、と寿々は咄嗟に声を上げた。

「その噂、私も聞いたんですけど、結局どういうことだったんでしょうか？」

澪人は弱ったようにしながら答える。

「前に同僚に『彼女は近くにいるんですか？』て聞かれた時、『いいひん』と答えたのが、なんや切り取られてしもて」

それまでにこにこ笑って話を聞いていた吉乃が、そんなもんや、と肩をすくめた。

「人の噂はほんま、都合よく切り取られるもんやし」

うんうん、と朔也は腕を組んで相槌をうつ。

「ほんと、賀茂くんは、結婚して良かったよ」

だね、と和人が同意した。

「あの、もうひとつ気になっていたことがありまして」

と、寿々は、澪人の方を向きながら、遠慮がちに挙手をする。

「なんやろ？」

「部室のアルバムを見ていたら小春さんたちが三年生になってから澪人さんの写真がほとんどなかったんです。卒業式の写真にも……。それは、ただ単に忙しかったからですか？」

「それは、僕が写真を撮っていたからやねん」

あっさりそう返され、寿々は「え」と動きを止める。

「その頃、賀茂くん、写真にはまってたんだよね」

そうそう、と和人が相槌をうつ。

「小春さんと離れ離れになるってことで、たくさん写真撮りたくなったみたいでさ。本当に可愛いよねぇ、うちの澪人は」

「兄さんはまたそないなことを……まぁ、そういうことや」

澪人の返答に、そうだったんですか、と寿々は相槌をうつ。

疑問に思っていた数々のことが明らかとなり、寿々は安堵の息をついた。

すべて誤解で本当に良かった。

寿々が胸に手を当ててると、小春が「寿々ちゃん」と声を掛けてきた。

「あ、はいっ」

寿々は弾かれたように顔を上げる。

「私ね、さっき急にあなたのことを思い出したの。公生さんのところで、私に京都弁を教えてくれたのよね。『寄せて』って言うんだよって話……」

小春の言葉を受けて、寿々の脳裏に当時のことが蘇る。

安倍邸の庭で透と剛士と遊んでいた時のことだ。

『ねっ、私も交ぜて』

と、片手を挙げてやってきた小春に、寿々はこう言ったのだ。

『お姉さん、京都ではなぁ、そういう時、「うちも寄せてぇ」て言うんやで』

『えっ、寄せてって言うんだ……』

と、小春は驚いたように言った。

「あれ、寿々ちゃんだよね？」

寿々は急に恥ずかしくなって、身を縮めた。

「あ、はい。それ、私です」

澪人も思い出したように、そうそう、と相槌をうつ。

「僕も思い出した。けど、今の寿々ちゃんは、京都弁やないんやね？」

どうして？　という目を向けられて、寿々は返事に困る。

えっと、それは、と口をもごもごさせていると、隣に座る千歳が口を開いた。

「寿々は、京都に来たばかりの僕が疎外感を覚えないようにって、僕と同じ標準語を話してくれるようになったんだ」

寿々は大きく目を見開いて、千歳の方を向く。

寿々が、京都弁を話さなくなった理由は、まさにそれだった。

千歳が近所に引っ越してきたことで、寿々も学校に行こうと思えるようになった。

学校側の計らいで、寿々と千歳は同じクラスになれた。

だが、稀有な容姿をしていて、標準語を話す千歳はまさに異端の存在だ。

せめて、言葉だけでも疎外感をなくしてほしいと寿々は、千歳と同じ標準語を話すようになったのだ。

「分かってたんだ……？」

「分かるよ。寿々は昔から優しいから」

「優しいって、そんなっ」

そんなんじゃないよ、と言いながらも頰が熱くて仕方ない。

千歳は、自分にあまり興味がないと思っていた。

でも、ちゃんと見ていてくれたんだ。

寿々は泣きそうになるのをこらえて、下唇を嚙む。

皆は、そんな千歳と寿々の姿を見て、微笑ましそうに顔を見合わせた。

「ま、よく分からないけど、もう一度乾杯だ」

宗次朗の言葉に、皆はまたグラスを手にして、乾杯！　と声を揃える。

ここにいる皆は心から小春と澪人を祝福している。

その想いは互いに伝わり合って増幅され、大きなエネルギーとなっていた。

『祝宴』とは、まさにこういう場を言うのだろう。

寿々も皆と共に二人を祝いながら、この場を包む幸せなエネルギーに、胸が熱くなるのを感じていた。

［四］祭りのあと

　宴会が終わり、皆が解散した後の櫻井家は、まさに祭りのあとという静けさだった。

「立つ鳥跡を濁さずやなぁ」

　吉乃は綺麗に片付けられた広間を眺めながら感心の息をつく。

　居間に戻ると宗次朗が一人で晩酌をしていた。

「安寿と風鸞は？」

「はしゃぎ疲れて眠ったよ」

「ようけ人が来て、コウメとコマに遊んでもろて、楽しかったんやろな」

　と、吉乃は宗次朗の向かい側に腰を下ろす。

「あんたは、また飲んでるんや？」

「ま、祝い酒だよ」

「寂しいんやろ」

　ニッと笑った吉乃を前に、宗次朗も同じような笑みを返した。

「それは、ばーさんこそだろ」

「言うても、小春は高校卒業の時に一度出て行ってるさかい……」

「あん時は、さすがに寂しそうだったなぁ」

「そやけど、すぐあんたと杏ちゃんが来てくれたし。ほんで安寿が生まれて寂しいて思う暇もないくらい、賑やかやったな」

たしかにな、と宗次朗は笑う。

宗次朗と杏奈は元々、子どもができたから、祇園に身を寄せたのではない。

小春が東京に帰ることが決まったため、同居を申し出た。

妊娠が判明したのは、その後のことだった。

「今回、少しでも小春がここに帰ってきてくれて、嬉しかったわ」

「そうだな……」

小春は大学を卒業し、三月の半ばに祇園の櫻井家に戻ってきていた。

かつて小春が使っていた部屋は、今や子ども部屋になっている。

それに対して小春は寂しそうにするわけでもなく、以前澪人が使っていた和室で、約一か月間生活をしていた。

楽しい期間だった。

安寿と風駕もすっかり小春に懐き、このまま六人で生活していけたら……という気持ちも生まれつつあったのだ。

「ったく、下鴨(しもがも)の坊のやつ、こんなに早く、うちの小春を……」

「今は上賀茂の立派な先生や」

どっちでもいいけどよ、と宗次朗は頬杖(ほおづえ)をついた。

「それにしても、小春がここに来た頃は、まさか、あの澪人と結婚することになると は夢にも思わなかったな」

「勘のええあんたも、予想つかへんかったんや？」

宗次朗は一瞬黙り込み、いや、と肩をすくめる。

「なんとなく感じてたから、阻止しようとしてたのかもしれねーな。ばーさんは？」

「……どうやろ。結婚とまでは思わへんけど、澪人ちゃんにとって特別なんやていう のは、感じてた気ぃする。結局、縁なんやなぁ」

「まぁ、俺はあいつの姉の杏奈と結婚したし、賀茂家とは縁が深いのかもな。にして も、澪人と小春は早いよな」

「言うても、当人同士が決めたことやさかい」

「分かってるけどよ。父親的心理だよ」

「そないなこと言うたら、また、安寿に怒られるで」

「だな」

ははは、と笑いつつ、しんみりしていると、吉乃が、おや、と顔を上げた。

「うちのお天道さん、帰ってきはった」

「お天道さん？」

次の瞬間、裏の勝手口のドアが開く音がした。

足音が響かないように気をつけながらも、階段を上ってくるのが分かる。

「た、ただいま、小春ちゃんと澪人、まだいてくれてる？」

と、杏奈が居間に顔を出した。

期待に満ちた目をしていたものの、客人が誰もいない居間を見て杏奈は、ああー、と畳に手をついてうな垂れた。

「今ならまだ間に合うかと思ったのにぃぃぃ。私も宴会参加したかったぁぁ」

うおおん、と嘆く杏奈を見て、吉乃と宗次朗は顔を見合わせて、思わず笑う。

「ほんま、杏ちゃんの明るさには、いつも救われてばかりや」

独り言のような吉乃のつぶやきに、杏奈は「えっ？」と顔を上げる。

「杏ちゃん、お疲れさん。私らだけで二次会しよか」

「おう、ここから二人を祝ってやろうぜ」

杏奈は、うん、とうなずいて立ち上がる。

「とりあえず、手を洗って、子ども部屋覗（のぞ）いてくる。あと、美味（おい）しいおつまみをもらったから出すね」

そそくさと居間を出て行った杏奈を見送りながら、吉乃と宗次朗はまた笑った。

「小春と澪人ちゃんも、楽しい家庭を作れるとええなぁ」

「まぁ、大丈夫だろ。あの二人は一緒にいるといつも楽しそうにしてるし」

「ほんまやな。ほんで……」

と、吉乃は、杏奈のグラスを用意しようと腰を上げ、

「あの二人のことやし、遊びに来てくれるやろ」

今も棚に残っている小春の食器を見て、そっと微笑んだ。

［五］重なる影

「賑やかな宴会やったね」

澪人は、穏やかな口調で言って、縁側に座っている小春の隣に腰を下ろす。

ここは、上賀茂の賀茂邸だ。

澪人は今、浴室から出てきたところで、寝間着として浴衣を纏っていた。

行灯の光に照らされて、いつも以上に艶っぽく見える。

はい、と小春は嬉しそうにうなずく。

「みんなでわいわいするのが本当に久しぶりで、とても嬉しかったです」

二人がこの家に入ったのは、夜十時を過ぎた頃だった。

午後から夜までたっぷり宴会をし、皆に見送られながら、タクシーに乗り込んだ。

賀茂邸に入って、小春は驚いた。ここは常に掃除が行き届いている美しい屋敷だったが、より一層磨かれていたのだ。

聞くと、小春を迎えるにあたり、張り切って掃除をしたのだという。

そう言って少し照れたように笑う澪人の姿が愛しく、小春の胸は甘く震えた。

「小春、寒ない？」

小春は、澪人よりも先に入浴を済ませている。

だが温かいルームウェアを着ているので、寒さは感じなかった。

「大丈夫です。今夜は暖かいですし……」

「そら良かった」

と言いながらも、澪人は小春の肩にストールを掛けてくれた。

ありがとうございます、と小春は会釈して、肌触りの良い藍色のストールに手を触れた。ストールから、ほんのりと梅花の香りが漂ってくる。まるで澪人に包まれているかのようだ。

部屋の中には、布団が二組並べて敷いてある。否が応でも、これからの出来事を連想してしまい、頬が熱くなった。

急に気恥ずかしくなって、目を伏せると、澪人が静かに訊ねる。

「久々、京都に帰ってきて、どう思た？」

「いつまでも変わらないので、本当にホッとしました。ですが、東京もそうですけど、『魔』の発生するスピードが速いなと感じもして……」

ほんまやね、と澪人は相槌をうつ。

「僕もそう思てたし、兄さんが安倍公生さんに意見を伺ったそうなんやけど、同じように言うたはったそうや。小春はどないに思う？」

「占星術的に言うと、時代が変わったせいなのかなと思います」

「時代？」

はい、と小春はうなずく。

「今は『風の時代』です。風の時代は伝達が速くて、願いが叶うスピードも速ければ、負の感情が『魔』に取り憑かれるのも速いんです」

「良くも悪くも事象化が加速してるんやな」

そうですね、と小春はうなずく。

「良いことも悪いことも、頭に思い浮かべたことが実現しやすい時代になったと思います。なので、これまで以上に思考が健全であるよう努める必要があって、自分を取り巻く環境とかに気を付けた方がいいと感じています」

たとえば、ニュートラルな人間が、負の環境に身を置いていると、思考が『負』に毒されやすくなってしまうという。思考は現実化しやすくなっているため、そのままその人にとってよくない現象が起こってしまうのだ。

だからもし、どうしてもマイナスな環境にいなければならない時は、なるべく意識して頭の切り替えをするようにする必要がある。

「特に今はＳＮＳの時代で、自分が嫌な気持ちになる投稿は見ないようにするという工夫が必要になってきますよね」

「それこそ、情報の取捨選択やな」

「学校で、子どもたちにもそう伝えているんですけど、友だち付き合いのなかで反応しなきゃいけないとかあるみたいで、大変ですよね」

ほんまやな、と澪人は苦笑し、小春を見た。

「職場には慣れたん？」

「まだまだ分からないことだらけで、右往左往してますけどなんとか。学校の保健室って無機質な印象があったんですが、青葉館の保健室は、くつろげる温かい雰囲気で感激しました」

「そら良かった」

はい、と小春ははにかむ。

小春は、教師ではなく、養護教諭になっていた。いわゆる『保健室の先生』だ。

学徳学園のフリースクール『青葉館』に就職するのを志望していたが、もし希望が通らなかったときのことを考えた際、『学校の先生』よりも、『保健室の先生』の方が子どもたちの心に寄り添えるのではないかと思ったためだ。

また小春は、スクールカウンセラーになるための資格も取得していて、学徳学園青葉館では養護教諭とスクールカウンセラーを兼任することになっていた。

「就職とほぼ同時に結婚て、すべてが新しくなって、小春にとっては大変やな」

少し心配そうに言う澪人に、小春は首を振る。

「すべてが新しくスタートという感じで、私はベストだと思ってますよ」

「ほんなら良かった。家のことは、あんまり無理せんでもええさかい」

「それは、澪人さんもですよ」

「僕はここで一人暮らし長いし。これでも、随分自炊できるようになったんやで」

「え、本当ですか？」

そのことは何度か澪人から聞いていたが、小春はいまいち信じられずにいた。

「実家に帰るたびに、母に教わるようにしたんや」

澪人と母親の関係は、少しぎくしゃくしたものだった。母親は特殊な能力を持つ澪人を怖がり、距離を置いてしまっていたためだ。

料理はええもんやね、と澪人はしみじみと言う。

「ただ二人で居間にいても話すことがなくて気まずくなるだけなんやけど、母と二人で台所に立って作業をしていたら、不思議と話すことも出てくるていうか……」

話を聞きながら、キッチンで作業をする二人の姿が小春の頭に浮かぶ。

何もかも人間離れしたような澪人だが、手先は器用ではない。うどんのような太さの千切りをする様子に、きっと彼の母親も思わず笑ってしまっただろう。

「そやから、できる時は、あなたと二人で料理をしたいて思うてます」

「素敵ですね」

小春は熱い息をつき、空を仰いだ。

空には、輪郭のハッキリした三日月が浮かんでいる。

「月がとても綺麗ですね」

そう続けた小春に、澪人はいたずらっぽい視線を向ける。

「それは、もしかして告白やろか？」

俗説だがかつて夏目漱石は、日本人は、あからさまに『愛してる』などと言ったりはしないと言って、『I LOVE YOU』を『月が綺麗ですね』と日本語に訳したという。

その引用をしたつもりはなかった小春だが、「そうですね」と微笑んで、澪人にそっと寄り添う。

すると、澪人の体がぴくりと震えた。

「……小春、今夜はもう疲れたやろ？」

「いいえ、バタバタな一日でしたけど、嬉しさの方が勝っているのか疲れは感じてないです。それに、今日は特別な日で……」

そう言いながら、小春の心臓は早鐘を打っていた。

少しでも嫌がる素振りを見せたら、彼は自分に触れようとしてこないだろう。

恥ずかしくても、怖くても、嫌じゃないという意思は伝えたい。

彼がこれまで一線を越えなかった理由は、色々ある。

だが、その最たるものは、前世の出来事ではないかと小春は思っていた。

左近衛大将(さこんえのだいしょう)と初めて迎えた夜。

玉椿(たまつばき)だった自分は、一晩中泣き続けた。言葉もなく、彼を責め続けたのだ。


——姫、どうしたのですか？　あなたは本当はわたくしの妻には、なりたくなかったのですか？


あの時の言葉を思い出すと、小春の胸が痛くなる。

当時は自分のことしか考えられなかったが、どれだけ彼を傷付けたことだろう。

そして、彼を失い、自分はどれだけ後悔しただろうか。

もう二度と、同じ間違いは繰り返したくない。

想いは、ちゃんと言葉にして伝えたい。

「愛してます。前世からずっと」

彼の体が小刻みに震えていて、小春は心配になって澪人を見上げる。

「澪人さんの方こそ、寒いんじゃないですか？」

ちゃうねん、と澪人は微かに首を振る。

「急に緊張してしもて……」

小春、と澪人は真剣な眼差しを見せた。

「ほんまによろしい？　もしかしたら、あなたが持つ特別な力が失われてしまうかもしれへんのやで？」

その言葉に、これまで抱いていた疑問が、小春の中にすとんと落ちた気がした。

澪人が一線を越えようとしなかった一番の理由は、それだったのだ。

かつてそのことで、玉椿が、力を失ってしまったから――。

あの頃はどうして、自分の力がなくなってしまったのかまったく分からなかった。

だが、今なら分かる。

自分自身がそうしていたのだ。

『自分は穢れてしまった』

その強い想いが、森羅万象とのつながりに自ら蓋をしてしまったのだろう。

「前にお祖母ちゃんに聞いたことがあるんです。結婚後に力がなくなったことがあるかって」

澪人の喉がごくりと鳴った。

「なくならなかったそうです。ただ、妊娠中と出産後はなりを潜めたそうですが、いつの間にか元に戻っていたって」

なので、と小春も続ける。

「もし、力がなくなってもなくならなくても、すべては自然に任せていいんだって思いました」

そこまで言って、小春は澪人の胸に寄り添った。

「小春……」

澪人の大きな手が頰に触れて、唇が重なった。

行灯(あんどん)の仄(ほの)かな明かりに照らされて、澪人の眼差しがより熱く感じられる。

しっかりと彼に抱き着くと、小春の体はいとも簡単に抱き上げられた。

まるで、とても大切な宝物を置くように、そっと布団に寝かせられる。

「怖ない？」

「怖くない……と言えば嘘になります……」

けど、と小春は、澪人を見上げる。

「私はもう一度、あなたのお嫁さんになれる日をずっと心待ちにしていました」

あかん、と澪人は口に手を当てて、小春の横に倒れ込む。

「もう、逃がしてあげられへん」

小春は、そう言った澪人の浴衣(ゆかた)をキュッとつかんで、顔を近付けた。

「それは私の台詞です」

「えっ？」

「もう絶対に、先に逝ったりしないでくださいね。二度と私を置いていかないで……ちゃんと逃がさないでいてください」

そう言いながら、小春の目から涙が溢れ出る。

その涙を隠すように、澪人の胸に顔を埋めた。

「小春、かんにん……」

大きな手で優しく頭と背中を撫でられる。

「あなたが望む限り、僕はあなたの側にいるさかい」

――それなら、ずっとですよ。

小春はそう言いたかったが、唇で唇を塞がれて、言葉にならなかった。

ずっと待ち焦がれた日。夫婦になった夜。

行灯の明かりだけが、重なり合う二人を柔らかく照らしていた。

エピローグ

賀茂澪人が結婚したというニュースは、瞬く間に学徳学園中を駆け巡った。

最初に結婚の情報をリークしたのは、谷崎瞳と遠藤卓のカップルだったそうだが、それからが驚くべき速さだった。

澪人ファンの女性たちは悲鳴を上げて、すぐさま澪人の姿を確認に行き、左手に光る結婚指輪を見ては、打ちのめされて退散したという。

あまりの反応に、小春の身に何かが起こったらどうしよう、と心配になった寿々だったが、意外とファンたちの切り替えは早かった。

「もう何年も前からお付き合いされていた人と結婚！」

「長く遠距離だったんやて」

「ファンの中の誰かと結婚されるより良かったかも」

「結婚指輪をつけて、幸せそうに笑っている賀茂先生が素敵」

「私たちも一線を引いて、推し活動できるね」

「ていうか、前より色っぽくなって大変」

廊下を歩いていると、上級生のそんな会話が寿々の耳に届いてきたほどだ。

今の寿々は髪にリボンを結んでいるため、彼女たちの言葉の裏の真意までは分からない。だが、良い雰囲気であるのは、見て取れる。

良かった、と寿々が安心していると、上級生たちがいきなり話すのをやめて、口に手を当てて、寿々の背後を見ている。

なんだろう？　と振り返って納得した。

噂をすれば影。

澪人が、こちらに向かって歩いて来ていたのだ。

「……なるほど」

そんな言葉が思わず口をついて出る。

元々、麗しい人物だったが、独特の艶(つや)っぽさが加わっている。

まさに『色っぽくなって大変』という言葉通りだ。

――というか、肌が異様につやつやなのが、生々しくて直視できないのですが！

そう思ったのは、寿々だけではないようで、上級生たちも頬を赤らめて目をそらしながらも、チラチラ眺めている。

まるで、平安(へいあん)時代の光景――昇殿した麗しい公達(きんだち)と、そのお姿を遠巻きに見ている女房たちの様子を再現したようだ。

そんな想像をして寿々が思わず笑っていると、澪人に声を掛けられて、体がビクンと跳ねた。

「寿々ちゃん——あ、ここでは、一ノ瀬さんやな」

「はははは い」

「土曜日はおおきに」

「いえ、こちらこそ、部外者の私まで温かく迎えてもらえて感激でした」

部外者て、と澪人は小さく笑う。

「あの席にいたてことは、強い縁があるてことや。これからもどうぞよろしゅう」

「こっ、こちらこそです」

周囲からの刺すような視線よりも、澪人の眼差し（まなざ）の威力の方が強く、寿々は目を泳がせながら、なんとか答える。

ほんで、と澪人は口を開く。

「鍵（かぎ）は、千歳くんに渡してるさかい」

「鍵？」

何のことだろうと寿々は小首を傾げるも、次の瞬間、中庭の塔の鍵だと察した。

寿々はまさにこれから職員室に行って、鍵を借りようと思っていたところであり、

その報告はありがたかったのだが――、

「でも、どうして澪人さんが千歳に鍵を？」

たしかに、寿々は澪人に一度、塔の鍵を託している。

だが、既に職員室に戻っているのを確認していた。

「これからは、あのスペアキー、君たち二代目に預けようて思て」

「えっ？」

「あそこを部室に使うんやろ？」

「あっ、はい」

かつてOGMがしていたように、表向きは『ミステリー研究会』としての部活動にするつもりだった。

「でも、それには顧問が必要なので、早乙女先生が戻ってこられたらお願いしようと……」

寿々がそう言いかけると、澪人はそっと首を横に振る。

「その必要はあらへん」

どうしてだろう、と寿々がぽかんとしていると、澪人は周囲には聞こえないほどの小声で続けた。

「僕が顧問を務めるさかい」

するだろう。
それはそうだ。澪人が顧問を務めるとなれば、ミス研にミーハーな女子高生が殺到
寿々が大きな声を張り上げると、澪人は口の前に人差し指を立てる。
「ええっ！」

「えっと、そのことを千歳に伝えて、鍵を渡してくれたんですか？」

寿々は口に手を当てて、こくこく、とうなずく。


「そうやで」

「千歳は素直に受け取ったんですか？」

千歳のことだから、『寿々に渡してください』と言いそうなものだ。

「ええ、『分かった』て言うて。きっと、友達と一緒に塔にもういてると……」

澪人の話を聞きながら、今すぐに塔に向かって駆け出したくなる。

その気持ちを察したようで、澪人は首を縦に振った。

「あらためて、みんなによろしゅう」

「こちらこそです。ありがとうございます」

寿々は深く頭を下げて、では、と背を向けようとした時、澪人に呼び止められた。

「一ノ瀬さん」

はい、と寿々は足を止めて、顔を向ける。

「五月の連休、うちで結婚の披露宴をする予定なんや」

「あ、そうなんですね。あらためておめでとうございます」

「良かったら、みんなで遊びにきてや」

ええっ、と寿々はのけ反った。

「い、いいんですか、私たちが、お二人のご披露宴に……」

震えながら小声で訊ねる寿々に、澪人は思わずと言った様子で笑う。

「披露宴言うても、身内の宴会やし、もし良かったら」

「はい、ぜひ、喜んで！　みんなにも伝えておきます。ありがとうございます」

と、寿々は再びお辞儀をして、足早に昇降口へと向かう。

「えっ、あの子、賀茂先生に声を掛けてもらっておきながら、逃げるみたいに……」

「でもまぁ、あの美貌を前にしたら、逃げ出したくもなるかも」

上級生たちの戸惑ったような声が背中に届いていたが、構わずに校舎の外に出て、中庭の塔に向かった。

＊　＊　＊

「なぁ、いきなり、千歳が二代目やってもええってなったのは、なんでなん？」

部室の中を箒で掃いていた剛士は、手を止めて千歳を振り返った。

千歳は窓を拭きながら、「うーん、なんとなくね」と答える。

「まぁ、千歳も色々思うことがあったんでしょう」

などと、透は言いながら、テーブルを拭いていた。

「相変わらず、分かったようなことを言って……」

千歳は肩をすくめながらも、その言葉は図星であり、ぽつりと零す。

「ま、ようやく、区切りをつけられた感じかな」

長い初恋だった。

小春が十八歳になった時――澪人がプロポーズした時点で、二人がすでに結ばれたのが、千歳には分かった。

体の結びつき云々ではなく、魂の結びつきだ。

結婚の本当の意味は、『結魂』だ。

自分が大人になったら、澪人と同じ土俵に上がって、堂々と小春にアプローチしたい。そう思っていたのに、いきなり望みを絶たれたのだ。

小春にも裏切られたような気持ちになり、自分からは会いに行けなくなった。

そのうちに、自分に寄り添ってくれていた若宮も姿を現わさなくなり、小春は東京に行ってしまった。

途方もない孤独感に襲われていた時に、救ってくれたのは、この仲間たちだ。

小春たちに依存せず、自分は自分の世界を作っていく時期に入ったのだ。

そのための必要な別れだった、と頭では理解していた。

それでも、小春が大学を卒業し、澪人と本当に結婚すると知って、胸が騒いで仕方がなかった。

あの頃の想いが、鮮やかに胸に蘇(よみがえ)り、苦しかった。

——それでも、

「幸せそうで、良かった」

小春に再会して、以前のような気持ちを抱いていないことに戸惑いを感じた。

自分の初恋はとっくに終わっていたのだ。

ただ、執着で引き摺(ず)っていたにすぎない。

千歳は、澪人の隣で微笑む小春の姿を思い出し、ふっ、と頬を緩ませる。

その時、勢いよく寿々が部室に入ってきた。

「みんなっ」

「おー、寿々」

「先に掃除始めてましたよ」

剛士と透が得意げに答え、寿々は目を潤ませて、千歳を見た。

「……千歳、ＯＧＭやってくれるの？」

真っ直ぐに見詰められて、千歳は思わず目をそらす。

昔から、寿々にこうして見詰められると、むず痒くなってしまう。

「まぁ、この部屋は気に入ってるしね」

そっかぁ、と寿々は頬を赤らめて、嬉しそうに微笑む。

「千歳、ありがとう」

「…………」

今まで、どれだけ寿々に救われたか分からない。

かつての出来事が、千歳の脳裏に蘇る。

小春たちと別れ、再び卑屈の塊になっていたあの頃――、

『東京の裕福な家の子って、本当にお金持ちなんだよね。そういうところの子って、意地悪なイメージがあったりしたんだけど、そんなことはなくて、みんな大切に育てられて、ちゃんとした教育を受けた立派な子たちが多かった。だから、こんな奇妙な外見をした僕みたいな子にも少しも偏見をぶつけることなく良くしてくれたよ。できた人間って、偏見を持たないんじゃなく、持っている偏見を表に出さずに、ちゃんと接してくれる人のことを言うんだと思った』

そう言った自分に対して、寿々は不思議そうに訊ねた。

『僕みたいな子って、どうして、そんな風に言うの？』

『どうしてって……』

あまりに、真っすぐな目に戸惑った。

『私は千歳に初めて会った時、神様の遣いかと思ったんだよ。こんな綺麗な子、見たことがないって感動したの。みんなは、千歳のことが羨ましいんだよ』

その言葉は、衝撃的だった。

次の瞬間、自分がいかに卑屈で、それでいて高尚な存在でありたいと思っていたのかを痛感し、恥ずかしくて逃げ出したくなった。

だが、それ以上に寿々の言葉が嬉しかった。

『寿々のばーか。よくそんな恥ずかしいことが言えるよね』

それなのにそんな言い方をしたことで、寿々を傷付けたのかもしれない。

寿々はもう二度と同じことは言わなかった。

それでも寿々が自分をそんな風に見てくれているというのは、千歳にとって大きな支えだった。

そして先日、寿々から除霊について告げられた言葉にも強い感銘を受けた。

『除霊って、その場所を清めたり、人を救うだけじゃなくて……きっと、霊を救うことにもなってると思うんだ』

霊を救うという発想が、千歳にはなかった。

しかし思えば、世の中を良くしたいと考えた時、それは理に適って(かな)いる気がした。

というのも、この世は、陰と陽でできていて、すべては陰から始まる。

陰の存在である霊が救われたなら、陽の存在——目に見えるこの世界も救われるかもしれない。自分の特殊な陰の力が世界を救うかもしれないと思うと、自分も救われる気持ちになる。

「……お礼を言うのは、こっちの方なんだけどね」

独り言のように言うと、寿々が「えっ、なになに？」と顔を覗き込ん(のぞ)でくる。

「別に」

「そっか。そうそう聞いて！　澪人さんが披露宴に私たちを招待してくれたの！」

ええっ、と剛士と透が声を揃えたが、千歳は表情を変えなかった。

「ちょっと、千歳、リアクションは？」

「いや、僕はすでに小春さんに誘ってもらってたから」

「なんだ、そうなんだ。でも、みんなで、澪人さんと小春さんの披露宴に参加できるってすごくない？」

「ええ、あの噂の賀茂邸に入れるんですよね」

「興味深いよなぁ」

「だよねだよね。みんなにインタビューとかしたいなぁ」

盛り上がる寿々、剛士、透を前に、千歳は、やれやれ、と肩をすくめる。

「それより、ここを本格的に使わせてもらうなら、寿々も掃除をしなよ」

寿々は我に返ったように、顔を上げる。

「あっ、うん。もちろん。でもさ、写真を撮ろうよ、みんなで」

寿々が棚の上にスマホをセットしながら言う。

「おっ、いいですね」

「仕方ないなぁ」

「タイマー、何秒後やねん」

透、千歳、剛士は、壁に横並びになる。

「五秒後！」

寿々は急いで皆の許（もと）に向かおうとして、豪快に転倒する。

「寿々ッ！」

転んだ寿々を助けようと千歳たちも屈（かが）んでしまったおかげで、記念すべき一枚目の写真には寿々が結んだ髪の先しか写らなかった。

それでもせっかくの記念だからと部室に写真を貼ったことで、後々、『奇妙な心霊写真が貼ってある』と噂になり、部室に人が寄り付かなくなってしまうのだった。『寿々のお化け写真』と千歳、透、剛士に笑われたけれど、ここは澪人が顧問を務める部だ。女子生徒が殺到してしまう恐れは十分にあった。それを回避したのだから、この写真は部にとって御守のようなものだ、と寿々は自分に言い聞かせている。

そして——これから、新たなＯＧＭの物語が始まるのだが、それはまた別の話。

おまけの宴

五月某日。

その日はまるで、天に祝福されているような快晴だった。

心地よい薫風が、宴会場となった大広間を吹き抜けている。

菜の花色のワンピースに身を包んだ寿々は、ごくりと喉を鳴らして、大広間を見回した。

上座には澪人と小春が並んで座っている。

澪人は羽織に袴、小春は頭に角隠し、白無垢に打掛を纏っていた。

客人たちは、彼らを取り囲むようにコの字に座っている。人数にすると、三十人くらいだろうか。挨拶や乾杯の音頭は終わり、既に宴会は始まっていた。

寿々の前にも、朱色のお膳が用意されている。尾頭付きの焼鯛、季節の焼八寸、汁物、お造り盛り合わせ、蒸し物、天麩羅盛り合わせ、茶碗蒸し、鯛釜めしと、まさに祝い膳だ。

「寿々、食べないんですか？」

隣に座る透の言葉に、寿々は我に返った。

「いや、なんか、胸がいっぱいで。だって……」

と、寿々は再び、大広間を見回し、初代OGMの方を見た。

「午前中の神前式、朔也は参列したの？」

「ううん、俺は参列してない。身内だけでやったみたいだし」

「結局、どこの神社で？」

「この家の氏神が、上賀茂神社だから、そこでやったよ」

と、愛衣、朔也、由里子、和人が語らっている。

視線を移すと、白髪の紳士がお猪口を口に運んで、しみじみしていた。

「いやはや、今の時代にしては早い結婚やなぁ」

そう言ったのは、陰陽師組織の西の本部長だという。彼の隣には、寿々たちの師匠、安倍公生が座り、「ほんまやなぁ」と相槌をうっている。

実質、日本屈指の陰陽師が隣同士で酒を酌み交わしているのだ。そんなトップの側には狩衣姿の青年たちが並んで座っている。

彼らは、陰陽師組織の面々だった。

どうしよう、と寿々は胸の前で手を組む。

「ここは桃源郷かな？　この光景だけで、ご飯三杯くらい食べた気持ちだよ……」

「寿々は相変わらずだね」

と、千歳が呆れたように言い、

「もうお腹いっぱいなら、俺が食べたろか？」

と、剛士がわざとらしく手を伸ばしてくる。

「それはダメ」

寿々はお膳を守るようにして、箸を手に取った。

刺身を口に運びながら、再び大広間を眺めていると、大きく息をつく宗次朗の姿が目に入った。

「本当にまさか、こんなに早くに嫁に行かれるとはなぁ」

宗次朗は肩を落として、酒を飲んでいる。すると、彼の隣に座る中年男性が一瞥をくれた。

「おい、宗次朗。それは父親である俺の台詞だと思うけどな？」

彼は、小春の父親のようだ。

「兄貴が言わねぇから、俺が代わりに言ってやったんだよ。にしても、よく兄貴も許したよな？　まだ小春は大学を卒業したばかりなのに」

「いや、まぁ、なんていうか……」

「うん？」

「……何年もかけて外堀を埋められたんだよ」

遠くを見るようにして言った小春の父親の言葉に、寿々は思わず笑ってしまった。

吉乃や小春の母親と思われる女性も笑っている。

澪人は、長い時間をかけて、両親の信頼を得たということだ。

「澪人さん、さすがだね」

寿々がつぶやくと、千歳は忌々しそうに息をつく。

「そういうところは抜かりないっていうか、あざといよね」

あざといって、と透が頬を引きつらせる。

「澪人さんは、誠実にお付き合いしていただけだと思いますけど」

せやな、と剛士が続ける。

「あの人はそういう計算高い感じとはちゃう気ぃする」

いやぁ、と千歳は腕を組む。

「なかなかだと思うよ？　それに友達の影響も受けてると思うしね」

友達って？　と寿々、透、剛士が小首を傾げた。

「ほら、今、澪人さんと話している人だよ」

千歳の言葉を受けて、寿々たちは澪人の方に目を向ける。

彼は二十代半ばと思われる男女と談笑していた。

男性の方は白肌に黒髪の、澪人とは少しタイプの違う美青年で、彼の隣にいるのは優しい笑顔が印象的な可愛らしい女性だった。

「ごっついイケメンやん」

「スマートでカッコイイですね」

「あの人が澪人さんの友達？」

そう、と千歳が答えた。

「家頭清貴さんっていって、寺町三条にある骨董品店の若店長なんだ。なんでも鋭い観察眼で『京都のホームズ』って呼ばれてるらしいよ。そしてものすごい抜け目ない人だって話。澪人さんは、彼にプライベートなことを相談しているみたい。きっと、外堀を埋めろってアドバイスされてたと思う」

へぇ、と寿々は洩らす。

外堀を埋めたのが計画か誠実かの真相はさておき、あの美形二人が並んでいる姿は、迫力がある。もし外を歩いていたら、行き交う人々を振り向かせるだろう。

寿々が感心していると、下座側の襖が開き、

「お待たせしました！」

と、大広間に女性の声が響いた。

皆が驚いたように顔を上げると、そこには、杏奈を筆頭に女性が五人、半被にさらしを巻いた姿で和太鼓の前に立っている。

「澪人と小春さんの結婚を祝して、私たち賀茂家縁の女子たちが祝いの和太鼓を披露します！」

わあ、と小春は両手を合わせる。

「杏奈さんたちの和太鼓、久しぶりで嬉しいです」

「姉さん、相変わらずや」

一方の澪人はそう言って、愉しげに笑っている。

身内のほとんどは澪人と同じような反応だったが、寿々たちのような客人は別だ。

「杏奈さん、カッコイイ」

「なんて、贅沢な……」

今をときめく女優・杏奈が和太鼓を披露するというのだから、思わず前のめりになる。

杏奈たちは手にしている手拭いをねじって額に巻き、「はっ」と声を上げ、力強く太鼓を叩き出した。

「すごい……」

寿々は、杏奈たちの美しさと和太鼓の迫力に、目を離せないほど魅了された。それはこの大広間にいる皆も同じようだった。

どぉん、という最後の音が響き、

「ご結婚、おめでとうございますっ」

と、女性陣が頭を下げる。

「杏奈さん、ありがとうございます」

小春は立ち上がって拍手をしながら言った。

「小春ちゃん、あらためておめでとう。小春ちゃんが妹になってくれて本当に嬉しい。どうか澪人をよろしくね」

「こちらこそです」

小春が深々と頭を下げると、皆もパチパチと拍手をはじめ、やがて割れんばかりの大きな拍手が大広間を包んだ。

寿々も手が痛くなるほどに拍手をした。

「お母ちゃんのたいこ、カッコよかった」

安寿が、杏奈の許に駆け寄って、膝にしがみつく。

「ありがとう、安寿」

杏奈は嬉しそうに、安寿の頭を撫でていた。

西の本部長のつぶやきを受けて、朔也が「よっしゃ」と声を上げて立ち上がる。

「これは、私らも負けてられへんなぁ」

朔也に倣って狩衣姿の陰陽師たちが起立し、下座の広間へと向かう。

一斉に動き出した陰陽師たちを見て、寿々は目を丸くした。

「えっ、なになに」

「彼らもなんかするみたいだよ」

千歳が言った通り、今度は朔也を筆頭とした陰陽師たちの舞が始まった。

祝いの席で神様の祝福を得られるように舞う、『奉納舞』だ。

寿々が夢中になって見ていると、隣にふわふわした毛の感触がした。

横を向くとコウメがちょこんと座っている。

「あっ、コウメちゃん」

今寿々は、いつものように能力を抑制するリボンをつけている。それでもコウメの姿が見えるのは、コウメ自身が寿々にその姿を見せてくれているのだろう。

コウメは、寿々のほぼ手つかずのお膳、特に焼鯛をジッと見つめていた。

「もしかして、コウメちゃんのお膳は用意されていなかったんだ？」

そう問うとコウメは首を横に振った。

ちゃんとコウメの分も用意されていたようだ。

「えっと、良かったら食べる？」

コウメはしばし反応しなかった。

欲しいけどただで受け取るのは狐神として、どうしたものだろう、と迷っているようだ。

「そうだ。私ね、コウメちゃんに訊きたいことがあったの。答えてもらってもいい？お礼に鯛はどうでしょう？」

そう問うと、コウメは顔を明るくさせてうなずいた。

――訊きたいことって？

「うん、あのね、小春さんが東京に行った時、コウメちゃんはついていかなかったんだよね？」

うん、とコウメはうなずく。

「それって、やっぱり社を護るため？」

コウメは、もちろん、とばかりに胸を張った。

「この前、コウメちゃんは朔也さんといたけれど、よく一緒に行動をしているの？」

コウメは少し不本意そうに、うん、と首を縦に振る。

「小春さんがいない間、朔也さんがパートナーだったり？」

コウメは、チガウ、と首を横に振って、寿々の手の上に自分の手を乗せた。

手の甲に伝わるコウメの肉球の感触に感激したのも束の間、コウメの言いたいことが伝わってきた。

一度、朔也の仕事を手伝った際、朔也はお礼を返してくれたそうだ。豪華な食事、珍しい果物、美味しいお菓子――明らかに多すぎる礼だった。それは、返さなくてはならないもの。

そのため、コウメはまた朔也の仕事を手伝うことにしたという。

それで、付き合いを終わりにしたかったのだが、仕事を終えると朔也は、多すぎる礼を返してくる。

もういらない、と突っぱねたいところだったが、朔也は毎度、コウメの心をつかむものを用意した。

それには抗えず、コウメは再び、朔也の仕事を手伝う羽目になる。

不本意だったが、朔也の仕事を手伝ったことで結果的に多くの人を助けられ、短期間で徳を積めて、念願だった尾も増やせたのだ。

見て、とコウメは、五尾を得意げに見せながら、教えてくれた。

そういうことだったんだ、と寿々は納得した。

「それじゃあ、やっぱり……パートナーなんだね？」

そう言うと、チガウ、と強めに首を横に振った。

愛らしい姿に目尻が下がる。

「質問に答えてくれてありがとうございました。鯛をどうぞ」

――ありがとう。

コウメはぺこりと頭を下げて、嬉しそうに鯛が載った皿を手にする。

その時、わっ、と大広間に拍手の音が響いた。

陰陽師たちの舞が終わったようだ。

「愛衣ちゃん、俺の舞、見ててくれた？　どうだった、雅だった？」

朔也は一目散に愛衣の横へ行って座り込み、詰め寄っていた。

「うん、雅だったよ」

和人も、うんうん、とうなずきながら拍手をしている。

「うちの澪人には及ばないけど、雅だった」

由里子が、もう、と和人を窘める。

「和人さんったら、澪人さんと『雅さ』を比べるのは、朔也が気の毒じゃない。そもそも誰だって及ばないわよ」

「ええと、由里子センパイ、あんまりフォローになってないかな？」

と、朔也が遠くを見る目で言い、ドッと笑い声が沸き上がった。

でも、と朔也は、澪人の方を見る。

「及ばないけど、遠くもないとも思ってる。俺と賀茂くんはパートナーだからね」

おおっ、と皆が声を上げた。

澪人が、そうやね、と微笑むと、朔也は「そうだ」と立ち上がる。

「賀茂くん、せっかくだから一緒に舞おうよ。俺の『雅さ』もなかなかだって、コハちゃんにだって分からせてみせるから」

皆の視線が澪人に集まった。

澪人は小さく笑って、立ち上がる。

「ま、宗次朗さんあたりに『舞え』て言われる覚悟はしてたし」

「いやいや、まさか。俺はそんなパワハラ発言はしないし」

宗次朗が手をかざすと、よう言うし、と澪人は肩をすくめる。

澪人と朔也は、下座の広間に移動し、並んで立った。

先ほど和太鼓を叩(たた)いていた女性たちが、琴や笛を奏で始める。

鈴の音がしゃんと鳴ると、二人の扇がパッと開く。

袂(たもと)をふわりとそよがせて回転し、ピタリと動きを止めて、扇を閉じる。

しゃらん、という鈴の音に再び扇が開いて、二人は左右対称に舞った。

美しくも、男性らしい逞(たくま)しさも感じさせる舞だった。

彼らの姿に、ほぅ、と皆が熱い息を洩(も)らす。

「さすが、パートナー。息がぴったりですね」

「大したもんやなぁ」

透と剛士が小声で感心したように言う。

「小春さんに分からせるって豪語するだけあって、朔也さん、さっきみんなで舞っていた時より雅に見えるね」

寿々が囁くと、千歳は、うん、と答えて、上座を振り返る。

「でも、小春さんの目には、澪人さんしか入ってないっぽいけどね」

「えっ？」

と、寿々は上座に目を向ける。

小春は口に手を当て、優美に舞う澪人だけを見ていた。その顔は真っ赤だ。

「……ほんとだ」

「でしょ、これだから新婚は……」

しゃららん、という鈴の音と共に、澪人と朔也の舞が終わった。

「皆さま、今日はほんまにありがとうございます。酒もご馳走もたくさん用意してるさかい、大いに楽しんでいってください」

澪人がそう言って深々と頭を下げると、割れんばかりの拍手が大広間を包む。

「素晴らしかったねぇ」

「陰陽師になったら、舞わなあかんの？」

「神様に舞を奉納したりしますしね」

「やりたくなければやる必要はないと思うけど？　剛士は陰陽師になりたいんだ？」

「興味はある」

「僕もです。どうやってなるものなんでしょう？」

「基本、スカウトみたいだよ？」

「スカウトなんだ！」

と、寿々たちが談笑していると、小春が急に立ち上がり、縁側に出て行った。

どうしたのだろう、と思ったその時、

「あ……」

千歳も大きく目を見開き、立ち上がり、そのまま縁側に出て行った。

「えっ、どうしたの？」

寿々が後を追うと、縁側では、小春と千歳が同じように空を見上げている。

「何か飛んでるの？」

千歳の隣に並び、空を見上げたが、飛行機雲しか見えない。

もしかしたら、あの飛行機雲のことだろうか？

寿々が目を凝らしていると、千歳がリボンを指差した。

「それつけてるから見えないんだよ」

「あ、そうだった」

寿々は髪を結んでいたリボンを解いて、空を見上げる。

すると、それまで飛行機雲にしか見えなかったものが、龍の姿に変わった。

すごい……と寿々は静かに洩らす。

「黒龍様だよ」

それは、立派で美しい龍だった。半透明に透けているので、黒というより、いぶし銀に見えた。

澪人も縁側にやって来て、小春の肩を抱いた。

「お姿を見せてくれたんやな」

囁くように言った澪人に、小春はそっとうなずく。

寿々が何も言えずにいると、千歳が気を利かせるように囁いた。

「寿々、僕たちは戻ろうか」

「あ、うん」

寿々はうなずいて、千歳と共に踵を返す。

大広間に戻る間際、ふと見ると、小春は目に涙を浮かべていた。

＊＊＊

——時は少し戻り——澪人と朔也の舞が終わり、それまで澪人に見惚れていた小春は大きな拍手が沸き上がったことで、我に返った。

口に手を当てたままだったことに気が付いて、そそくさと手を膝の上に置く。

愛衣が、もう、と肘でついてきた。

「小春ったら、朔也が雅さを見せつけようとしているのに、ずっと澪人さんばっかり見てたでしょう」

「そんなことないよ。朔也くんも素敵だったし。ただ、澪人さんの舞を見るのが久々だったから……」

初めて、澪人が舞ったのを見た日の衝撃は、よく覚えている。

この賀茂邸で開かれた新年会で、親族の青年たちと共に舞った澪人の姿を前に、小春は呼吸すらも忘れて見入ったのだ。

あの頃のときめきが鮮やかに蘇ったと共に、今の澪人の舞が当時よりも美しく逞しく感じたのは、彼が成長したためなのか、それとも結婚したことが関係しているのか、小春には判断がつかなかった。

小春が気恥ずかしさに目を伏せていると、

「仕方ないよ」

と、和人があっけらかんと言った。

「うん、だって、澪人が舞ったりしたら、横に誰がいて、どんなにがんばろうと澪人を見ちゃうよね」

愛衣は、ぶっ、と噴き出しながらも、すかさず言う。

「いや、和人さん、ちょっとは朔也も見てやってくださいよ。十分、カッコよかったと思うんですけど」

「え、愛衣ちゃん、今俺のことカッコイイって言ってくれた？」

気付かぬうちに朔也がすぐ側にいて、愛衣は不意を衝かれたようだ。赤面して、目を泳がせる。

「いや、これはなんていうか、会話の流れでね」

「ありがとう、愛衣ちゃん。舞って良かった」

朔也は、有無を言わさず愛衣に抱き着く。

相変わらずな二人を前に、小春は、ふふっと笑う。

澪人も戻ってきて、そっと隣に腰を下ろすと、ちらりと小春を見た。

朔也のように露骨ではないが、感想を聞きたいのが伝わってくる。

「とっても素敵でした」

そう言うと澪人はほんのり頬を赤らめて、おおきに、と目を伏せた。

「仕方ない？」

その姿にキュンとしていると、

「あああ、もう、澪人が可愛い。どうしよう」

見事に和人が、小春の心を代弁していた。

ふわりとした感触が伝わってきて、横を見るとコウメが寄り添っている。

「コウメちゃんも今日はありがとう」

おめでとう、とコウメは目を細めた。

「ああっ、もふもふ様！」

由里子が悶え、その様子を和人が微笑ましそうに見守っている。

小春は背筋を伸ばして、大広間を見回した。

吉乃に小春の両親、宗次朗、杏奈、澪人の祖父と両親が笑い合っている。傍らには、小春の弟の夏樹、安寿、風駕が寄り添っていた。

反対側には、西の本部長をはじめ、陰陽師の面々、東京から谷口さんや葛葉さんの姿もあった。

谷口さんの父であり、宗次朗の和菓子の師匠は、数年前に他界している。

宗次朗は、『風林堂』の風の字をもらい、息子に『風駕』と名付けていた。

下座には千歳、寿々、透、剛士といった二代目ＯＧＭのメンバーと、『さくら庵』伏見店の店長、松原さん夫妻の姿もある。

本当に幸せな一日だ。
ただ、願わくは、もう一つだけ――。
そう思った時だ。
外に大きなエネルギーを感じ、小春は弾かれたように顔を上げる。
咄嗟に立ち上がって縁側に出ると、空に黒い龍の姿が浮かんでいた。
あれは……。
少しの間、立ち尽くしていると、澪人が隣にきて、肩に手を置いた。
「お姿を見せてくれたんやな」
小春は空を見上げたまま、微かにうなずく。
澪人からプロポーズされたあとから、彼は姿を見せなくなった。
きっと彼は、自分の役目は終わったと思い、天に還っていったのだろう。
それでも、やはり寂しかった。
一度でいい。また姿を見たい。最後に言葉を交わしたいと思っていたのだ。
小春は空を見上げて、そっと口を開く。
「若宮くん、ありがとう。私は、幸せだよ」
――それは、良かったです。どうかお幸せに。
変わらない穏やかな声、優しい波動が、小春の胸に届く。

懐かしさと嬉しさが込み上げてきて、涙が頬を伝った。
「小春……」
澪人が寄り添うようにして、小春の涙を拭った。
――千歳の言う通り、澪人さん、あなたは本当にあざとい。
はっ？　と澪人は目を瞬かせる。
――それで見せつけているつもりですか？
続いて届いた声に、澪人はむきになって顔を上げた。
「あざといてなんやねん。別に見せつけてへんし」
変わらない二人のやりとりに、小春は思わず笑う。
寂しく切なかった気持ちが、吹き飛んだ気がした。
ありがとう、若宮くん。
また、会える日を楽しみにしているね。
小春は、心の中でそうつぶやき、空に向かって大きく手を振った。

あとがき

いつもご愛読くださりありがとうございます、望月麻衣（もちづきまい）です。

十五巻で完結を迎えた「わが家は祇園（まち）の拝み屋さん」シリーズですが、まだまだ、明かされていない部分もあり、しっかり書ききってしまおうと番外編を執筆することを決めました。

あとがきから先に読む人もいるでしょうから、本編のネタバレは避けますが、この番外編は本編から五年後の物語です。

五年後のキャラクターたちがそれぞれどうなっているかを紹介していくのに、どう描（えが）こうかと悩みました。最初は、千歳視点で物語が綴（つづ）られていくかたちを考えたのですが、それだと『一般的な視点』が得られない気がして、千歳の友達で、安倍公生の門下生・一ノ瀬寿々の視点で書くことを決めました。

寿々も特殊な能力を持ちながらも、あくまで思考は一般的で、何よりＯＧＭに憧（あこが）れてやまない、少しミーハーな女の子ということで、私自身、本当に楽しく書くことができました。

拝み屋さんメンバーがどんな風に成長し、それぞれの関係性がどうなっているのか、寿々と一緒になって、探るように読んでいただけたら嬉しいです。

この番外編を書き上げた時、「ああ、これで本当に完結だなぁ」と、しみじみ思いました。

すべてから逃げるように京都にやってきた女の子・小春が、本当に逞しくしなやかに成長してくれたことが嬉しいです。

今は、寂しい気持ちもあるのですが、書き切れた清々しい喜びと、何よりここまで読んでくださった皆様への感謝の気持ちでいっぱいです。

あらためて、お礼を伝えさせてください。

シリーズを担当してくださった、伊知地様、三村様、カバーを手掛けてくださった友風子先生、大原様。京都弁監修をしてくださったご夫妻。関係者各位。

そして今、この本を手にしているあなた様――。

私と著作を取り巻くすべてのご縁に、心から感謝申し上げます。

また、どこかでお会いできる日を楽しみにしております。

本当にありがとうございました。

望月　麻衣

参考文献

『神道大祓―龍神祝詞入り―』（中村風祥堂）
『神道と日本人　魂とこころの源を探して』山村明義（新潮社　二〇一一年）
『本当はすごい神道』山村明義（宝島社新書　二〇一三年）
『京の風水めぐり　新撰　京の魅力』目崎茂和／文　加藤醸嗣／写真（淡交社　二〇〇二年）
『本当は怖い京都の話』倉松知さと（彩図社　二〇一五年）
『平安京は正三角形でできていた！　京都の風水地理学』円満字洋介（じっぴコンパクト新書　二〇一七年）
『古地図で歩く　古都・京都』天野太郎／監修（三栄書房　二〇一六年）
『別冊宝島２４６３　京都魔界図絵　歴史の闇に封じられた「魔界」の秘密を探る』小松和彦／監修（宝島社　二〇一六年）
『運命を導く東京星図』松村潔（ダイヤモンド社　二〇〇三年）
『増補改訂版　最新占星術入門（エルブックスシリーズ）』松村潔（学習研究社　二〇〇三年）
『いちばんやさしい西洋占星術入門』ルネ・ヴァン・ダール研究所（ナツメ社　二〇一八年）
『図説　日本呪術全書』豊島泰国（原書房　一九九八年）
『増補　陰陽道の神々（佛教大学鷹陵文化叢書）』斎藤英喜（佛教大学生涯学習機構　二〇一二年）

本書は書き下ろしです。

わが家は祇園の拝み屋さんEX
愛しき回顧録

望月麻衣

令和4年 9月25日　初版発行

発行者●青柳昌行

発行●株式会社KADOKAWA
〒102-8177　東京都千代田区富士見2-13-3
電話　0570-002-301（ナビダイヤル）

角川文庫 23335

印刷所●株式会社暁印刷
製本所●本間製本株式会社

表紙画●和田三造

●お問い合わせ
https://www.kadokawa.co.jp/（「お問い合わせ」へお進みください）
※内容によっては、お答えできない場合があります。
※サポートは日本国内のみとさせていただきます。
※Japanese text only

ISBN 978-4-04-112867-1　C0193

◇◇◇

角川文庫発刊に際して

角川源義

第二次世界大戦の敗北は、軍事力の敗北であった以上に、私たちの若い文化力の敗退であった。私たちの文化が戦争に対して如何に無力であり、単なるあだ花に過ぎなかったかを、私たちは身を以て体験し痛感した。西洋近代文化の摂取にとって、明治以後八十年の歳月は決して短かすぎたとは言えない。にもかかわらず、近代文化の伝統を確立し、自由な批判と柔軟な良識に富む文化層として自らを形成することに私たちは失敗して来た。そしてこれは、各層への文化の普及滲透を任務とする出版人の責任でもあった。

一九四五年以来、私たちは再び振出しに戻り、第一歩から踏み出すことを余儀なくされた。これは大きな不幸ではあるが、反面、これまでの混沌・未熟・歪曲の中にあった我が国の文化に秩序と確たる基礎を齎らすためには絶好の機会でもある。角川書店は、このような祖国の文化的危機にあたり、微力をも顧みず再建の礎石たるべき抱負と決意とをもって出発したが、ここに創立以来の念願を果すべく角川文庫を発刊する。これまで刊行されたあらゆる全集叢書文庫類の長所と短所とを検討し、古今東西の不朽の典籍を、良心的編集のもとに、廉価に、そして書架にふさわしい美本として、多くのひとびとに提供しようとする。しかし私たちは徒らに百科全書的な知識のジレッタントを作ることを目的とせず、あくまで祖国の文化に秩序と再建への道を示し、この文庫を角川書店の栄ある事業として、今後永久に継続発展せしめ、学芸と教養との殿堂として大成せんことを期したい。多くの読書子の愛情ある忠言と支持とによって、この希望と抱負とを完遂せしめられんことを願う。

一九四九年五月三日